安一片月

潘稚文 著

陕西师范大学出版总社 西安

图书代号　　WX24N0776

图书在版编目（CIP）数据

长安一片月 / 潘稚文著. — 西安：陕西师范大学出版
总社有限公司，2024.9
ISBN 978-7-5695-4372-8

Ⅰ.①长…　Ⅱ.①潘…　Ⅲ.①散文集—中国—当代
Ⅳ.①I267

中国国家版本馆CIP数据核字（2024）第085610号

长 安 一 片 月

CHANG'AN YIPIAN YUE

潘稚文　著

出版统筹	刘东风
责任编辑	舒　敏
责任校对	彭　燕
特邀策划	王延安
封面设计	九　儿
出版发行	陕西师范大学出版总社
	（西安市长安南路199号　邮编710062）
网　址	http://www.snupg.com
印　刷	陕西龙山海天艺术印务有限公司
开　本	889 mm×1194 mm　1/32
印　张	7.375
插　页	16
字　数	126千
版　次	2024年9月第1版
印　次	2024年9月第1次印刷
书　号	ISBN 978-7-5695-4372-8
定　价	59.00元

序言

很愿意为稚文即将出版的散文随笔集说几句话，是因为信任：稚文对生活乃至生命，对人事乃至人世，对自我乃至身在其中的这个世界，不仅有情有义，更有她自己的识见。所谓文章，不就是这些专属于自己又可与人共通共享的东西敲打成的文字吗？何况，稚文是剧作家，剧作是要比文章更为复杂的文字构成，能写出好的剧作，更可以作好的文章。能作而不作文章的剧作家，是对才情的闲置和浪费。

中国是文章大国，互联网时代更显其大，还要作文吗？要啊，要！文章大国在显其大的时候，也往往是伪文章泛滥，以所谓的众声夺人的时候，就更显自我的珍贵。

又何况，人的自由，首先是言说的自由——以为人首先是要吃喝，是对人的误解。口水文字是伪文章的一种。不可以小看口水文章，口水文章泛滥，是无意或存着以口水淹灭真文章的故意。鸡汤文字也是伪文章的一种。不可以小看鸡汤文字，它在抚慰病人，让病人享受挠痒痒一样舒服的同时，忘记病灶及其成因，忘记对自我的疗救。

我相信稚文和她的文字，更相信她能写出更好的剧作，作剧之余，也会有更好的文章。

把才情与识见化而为文，是一种表达，是要寻找朋友，寻找知己，更是要寻找交流与碰撞，以求对自我的校正与提升。要有好的交流，好的碰撞，表达就得是好的表达。文章高手从来都不是居高临下的教师爷。鸡汤文字其所以能大行其道，是因为写手们放低了身段，以友好的姿态与受众做友好的交谈。这却是文章高手们要躬身学习的，就是，不做教师爷，也不要做杠爷。

要说的还有，但，就这几句吧，与稚文共勉。我也喜欢这个书名，应该是一句李白的诗。我们古典诗词里的单句或联句，往往可以从诗词里拎出来，自成格局，成为独立的审美，且有其与原诗词完全不同的独特的韵致。

比如："秋风吹渭水，落叶满长安。"比如："曲终人不见，江上数峰青。"多了去了。"长安一片月，万户捣衣声"也是，实在是自有一种气象，独特的雅文，也有她特别的韵致和气象。

杨争光

2024 年 3 月 22 日于长安少陵原

—— 一个人允许向外在妥协，但绝不能背叛内心。

———— 历经世事沧桑，灵魂依然向上。

———— 过去、现在、未来本无界限，我们只是被时间套牢。

自序

　　一个人允许向外在妥协，但绝不能背叛内心。

　　一个作者，除了具备深厚的思想底蕴和敏锐的洞察力以外，最重要的是要有直面人生真相的勇气。挪威戏剧大师易卜生定义写作为"坐着审判自己"，写作于我，则是生命的锻炼，它提醒着我要时时刻刻对生命的根柢进行观照，把整颗心倾注到生活的角角落落，掏心掏肺地与天地万物对话。非此不能够写出真挚的文字。

　　这三十余篇小文章字数不多，却是经过碾压、提纯、过滤后，酝酿出的生活精华。有当下融入世界的真情告白，有不吐不快的观点表达，有在涕泪悲泣中书写的故事，还有那些刻在我骨髓里的记忆，不说出来就不能释怀的瞬间。

当代都市人的生活像陀螺一样，上班忙工作、下班忙孩子，睡在鸽子笼里被噪音立体环绕，失眠、焦虑、情感障碍……我们不断地向外追逐、索求，一生都在为自己内心的匮乏打工，每天像例行公事一样单调重复，要么活得太肤浅，飘在空中落不了地；要么活得太沉重，重得沉沦到底。我们的心灵无所依托又不堪负荷，而太多的精神兴奋剂和麻醉剂，又在心上堆积了大量的毒素和脂肪。心灵鸡汤听起来很舒服，却麻木着人的意识，使人迟钝到越来越看不清事实。作为一个文学创作者，要为生命真实的脆弱发声，为人性本自具足的光明赞颂。

无论写作还是生活，我都在寻求更真切的表达方式。为此，我常独自走在山间的小路上，感受着脱尘的寂静，远山伸着懒腰，野生的辣椒低着眉颔着首，格桑花开出稚嫩的表情，一切都默默地存在着，自然生长。它们不知道什么是"卷"，只知道太阳东升西落，风水自会轮转，枯荣自有时节；我会看着云和云亲吻，鸟和鸟相逐，风和风游戏，偶尔绿皮火车从山间的铁道缓缓驶过，有一种时光延缓的恍惚感；还有树叶从春天的嫩绿变成秋天的金黄，直到枯萎都是美丽到美丽的永恒……

到了夜晚，我坐在小院里仰望天空，繁星闪烁在梦的边缘，似有似无若隐若现，像此生难再相遇的回忆，似说不清道不明的离合聚散。风平浪静的夜，无病无恼，没有蚊虫叮咬，谁还去等待戈多？谁还会期待明天会更好？每一个当下，无始也无终，都承担着十世古今，无边刹境……

当然，生活中时常会遇到那些有苦说不出的事情，我也学着如实面对，咀嚼着苦涩，在那种不堪的滋味里，让一切艰难都化为滋长我生命的养分，让所有的绊脚石都变成垫脚石，使我站得更高，看得更远。

人生像个迷宫，写作是自我解锁的过程。每个人都有独一无二的生命密码，如果你能在我的文章里，和我一起闻到那朵花香，听到那声鸟唱，让心灵悠然徜徉，而不是困在微不足道的琐事上，也许在一个瞬间，我们会在同一片天空并肩飞翔，一起触碰到性灵与爱的光芒，哪怕只有一点点，那便没有误解我写这本书的初衷。

书名《长安一片月》是本书的责任编辑舒敏女士提出来的，当时一听就贴到了我的心上。我生于长安、长于长安，整本书都是长安基因和血脉。月亮是书中多处用到的意象，在我人生的不同境遇中，总有一轮明月相伴，让我能在跌宕的尘世风烟里，以不变应万变。

不变的，是那颗澄明的初心。

contents

目 录

壹 青梅

夜来幽梦忽还乡

遇见狼的女孩 / 001

穷街陌巷 / 009

风月情债 / 017

破洞的青春 / 025

春日奏鸣曲 / 030

贰 红尘

一日看尽长安花

白鹭翩跹 / 037

剑雪樱花 / 043

路踏成道 / 047

闲居时光 / 052

人间剧场 / 056

烟火巷子 / 062

参 云游 /

轻舟已过万重山

敦煌之光 / 069

走进西藏 / 075

溪山行旅 / 081

故宫　长城 / 088

我爱江南 / 092

十月的风 / 098

天若有情天亦老

肆 情关 /

谋生与谋爱 / 103

不要轻易说爱 / 108

蓝色的雨 / 117

秋日的私语 / 123

不一定要快乐 / 128

伍 宿命

梦里不知身是客

清明雨 / 131

理想国和桃花源 / 135

天鹰　梁燕　宾鸿 / 141

流苏飘香 / 145

生命中不可承受之重 / 150

陆 山居　　**豪华落尽见真淳**

不为五斗米折腰 / 157

山中日月长 / 163

清流拾贝 / 167

终南山语 / 171

假如生命只有一天 / 175

染 问道 / **道是无晴却有晴**

十字路口的老者 / 181

一口吸尽西江水 / 188

菱花照心 / 193

无所畏惧 / 199

冬日的清欢 / 204

不独子其子——《原上的星》创作记 / 207

后记 / 219

青梅

夜来幽梦忽还乡

在她眼里什么都和天上的云一样，说散就散，生离死别、改朝换代……什么她没见过？

遇见狼的女孩

时间可以冲淡一切，这话似乎放之四海而皆准，但对那些根植于生命底色的人和事却不奏效。有一些记忆，随着时间的流走越来越浓稠，那是关于我的姥姥。

一百年前的中国，是在发黄的黑白照片中找到的印象。空乏破烂的背景，缩小的人像，模糊扁平的脸上呆板的表情，再配上一首《二泉映月》，那是兜兜转转拉不完的愁苦和艰难。

鬼子进村那年，关中地界幸免于难，听说日本军的飞机飞到潼关就绕走了，长安、长安，可不是徒有虚名。

玉兰那年七岁，细胳膊细腿，五官长得都在位置上，但从小就没了娘，一副受气包的模样。村里人最爱吓唬她，说鬼子要是来了，就把她这么大的女孩抓住，用打气筒往尿尿的那个地方打气，直到肚子爆炸。

玉兰没有遭受过鬼子的戕害，却在第一天上学的路上遇见了狼，她狂奔回家，惊恐的泪水裹着原上的风沙洒了一路，跑得太慌乱，摔得浑身是伤。

她再就没去上过学，而且从此不敢抬头看人，因为所有人身上都有恶狼的影子。

在家，就要挨继母的打骂，正如关中流行的那句民谣："石榴花，开得红，姚婆子打娃不心疼。"那个时代已经不流行裹小脚，玉兰的一双脚却被歪歪斜斜地缠了起来，继母故意给她弄得四不像，没出来三寸金莲，却成了畸形，像两条腿上挂着的两块生姜。

玉兰低头看着自己丑陋的脚，满眼的问号，这是怎样的一个世界？她根本想不到，比狼和继母恐怖的还在后头呢。

二十多岁了还嫁不出去，又黑又瘦小，主要还是有一双难看的脚。好不容易有人说媒，是给城里一家茶叶商的二少爷做填房。在那个年代，填房的地位就是半个用人。

玉兰嫁过去之后，大活小活都得干，脏活累活也都在她手里。她话很少，眼帘一直低垂着。

商铺里的账房先生哗啦啦地数银圆，她丝毫不眼红，那都是人家的；达官贵人往来相送，她不去凑热闹，那不是她待的地方；家里的小姐少奶奶被车接车送，她只能躲得远远的，因为她比人家矮一截；老太太最不喜欢她，不是打就是骂；二少爷瞧不起她，除了睡觉，连正眼都不看她一眼。

嫁给富贵人家，没想到却一天福都没享过，更想不到的是，家道中落后的苦却由她一个人担着。

到了二十世纪五六十年代，视觉印象就是五彩的连环画，人人都是整整齐齐地高举右手，红脸蛋儿，不是在割麦子就是在炼钢。这时候的玉兰，眼睛虽然还不曾抬起，眼神的战战兢兢中却多了几分坚定。以前的辉煌已经烟消云散，家里的人有的远赴天边，有的命丧黄泉，就剩她一个弱小的肩膀撑起这个断井颓垣的家。

家里一切都由玉兰说了算，可她宁愿说了不算……

公私合营了，二少爷找了份拉架子车的差事，挣的钱还不够他自己买酒，听戏遛鸟下馆子的日子过惯了，哪受得了这个苦！家里的一切他都不管，只是每天晚上喝酒喝到半夜，喝醉了就踢门摔凳子，骂爹骂娘，骂玉皇大帝，骂阎王老子。膝下的六个孩子眼巴巴地等着吃饭，一整院的房子就这样一间间地卖出去了。

面对眼前的这一切，玉兰还是低着头，谁也不看，连嘴也闭上了，什么也不说，只是从早到晚，在自己手上的活里打转，那沉默的表情里写着一行字：什么都没了，倒也干净。

寒来暑往，往来的都是炎凉，秋收冬藏，藏不住一家老小的饥饿和穷相。

一个个小崽子饿得咬牙切齿，哭着闹着围着灶台转。灶台里还能有什么，还不是稀稀拉拉的一锅红薯饭。玉兰也饿得手发抖，头昏眼花地熬着，心里���乱着，恍惚中，眼前又出现了恶狼的影子。

三九天，瓦当上的冰锥子挂得老长，纸糊的窗透着北风，凄惶惶地响，吃都没得吃，哪省得下面粉打糨糊？大的小的七八口挤在一张炕上，肚子咕噜噜叫的声音此起彼伏，玉兰熄了灯，只能说一句："睡，睡着就不饿了。"

可饿得前胸贴后背，哪睡得着啊？

没有吃不了的苦，没有熬不出的难。

弹指间，窗棂翻新了，纸糊的窗户严严实实，崭新崭新的。炕上横七竖八的都长大了，走了。只剩下一个小老太太和一个七岁的小女孩说着笑着，数着手指头上的簸箕和斗，那就是姥姥和我。

时间已经到了 1990 年，仔细看，窗户上还有一张邓丽君的海报。蛋糕一样圆的脸上甜甜的笑，头发吹得又高又轻佻，很像蛋糕上的发泡奶油。

姥姥大冬天给酱园打零工腌酱菜，十根手指都得了风湿，看上去像十根没去皮的铁棍山药，我的手腕白胖得像莲藕，和姥姥的手握在一起，是新与旧的更迭，是苦到乐的迁徙。那是姥姥一生中唯一轻松的岁月，从来不看人的眼角竟然有了一丝笑意。

姥姥在我脑海里最深刻的印象是，暑热天穿着满是破洞的白棉布背心，里面是松松垮垮掉在肚皮上的乳，驼着的背上是红一坨紫一坨的拔罐印，当然还有她那双生姜一样滑稽的脚。

到了晚上，躺在床上唉嘘一声，说着她那句经典的人生感叹："人活着就是来受罪的。"

可不是吗？小时候上学遇见了狼，她给我讲过很多次。对我来说只是个故事，对于她，那是她一生故事的序幕，后来遇见的狼还少吗？

姥姥的眼里是常含着泪的，手里总是拿着一条白手帕擦眼泪。我问姥姥怎么哭了，她说没哭，是沙眼，也叫迎风泪。没哭是真的，心里常在流泪也是真的。

有一天放学，我刚走到大门口就听见一阵号啕，那动静和春雷一样剧烈。我隔着帘子看到姥姥驼着背坐在床边，仰着头，张着嘴，只听见声音，看不见泪……

从没见她这样哭过，那是一辈子积出来的苦怨。

就是这个驼背撑起过千斤重的苦难，这双扭曲的手在时代的油锅里熬煎过，这双畸形的脚从刀山火海上行走过，这样一个满身疼痛的身躯，能不能熬到下个世纪？

到了 1997 年，香港回归，我床头贴着的海报已经变成了"古惑仔"郑伊健和情歌王子张信哲。万丈高楼平地起，世界天翻地覆地在变，变得姥姥完全不认识了，她也不想认识，在她眼里什么都和天上的云一样，说散就散，生离死别、改朝换代……什么她没见过？再好的日子也不能长久，再苦的日子也能熬到头。

姥姥患了偏瘫，除了需要妈妈为她做饭，其他的一切都想尽办法自理：不言不语，自己拧着毛巾擦身子，拿起高板凳双手拄着，当成拐棍去上厕所……

　　而我，已经到了最自私最任性的年龄，再不是那个张口闭口"姥姥"的小女孩了，每天沉浸在自己的世界里，不怎么理她。

　　一天中午，妈妈炖了一锅鸡汤，我按照惯例先给姥姥盛第一碗。上面漂着厚厚的一层黄油，我完全忘了姥姥一辈子吃糠咽菜，是吃不下荤腥油腻的。可她不想辜负妈妈和我的好意，硬是把那碗油腻腻的鸡汤喝了下去，刚放下碗，立马就全吐出来了。这件事我后来总会不时想起，想起就是满腔的心疼和内疚。

　　姥姥一辈子隐忍惯了，那低垂了七十多年的眼帘显得格外淡定，那是用一生的磨难换来的淡然。

　　翻过年，姥姥永远闭上了双眼，没有惊扰到任何人。她用悄然离世的方式，回答了遇见狼的女孩当时的疑惑：这个世界怎么了？

　　这个世界就是如此。

　　她今生的罪终于受完了……

我长了十七岁，以前从没有如此悲伤过，把我从小带大的姥姥永远不在了。送殡后回到家，幻觉中她竟然还在，我泪流不止地回忆着一切：曾经趴在姥姥身上不停地亲她的脸；她为了哄着我多喝水放了好几勺白糖，"来，再喝一口……再喝最后一口……最最后一口……"我忘不了冰天雪地里她拄着拐棍接我放学，邻居见了就劝："老太太，孩子跌一跤没事，别把你摔坏了。"忘不了她削好一个梨，我让她吃一口她坚决不吃，说："姥姥和娃不能分离……"

　　可是，那个被狼吓到的小女孩，那个我最亲最爱的人，还是离我而去了……

　　如果说古代的风云变幻对我们来说是天方夜谭，那么一百年的历史跟我们每个人都息息相关。我们身体里流着父辈和祖父辈的血，他们的一切遭遇和创伤都已经深埋在我们的骨子里，躲在我们的内心深处……

　　我时常想起姥姥，每次只要想到姥姥，就觉得没有什么过不去的难。

生命就本质而言，没有谁比谁更高级。谁敢说一个疯子和一个傻子，在一棵千年古树下的交会，不是茫茫宇宙中两颗巨星的碰撞？谁知道昨夜的火，是不是源于两人擦出的火花？

穷街陋巷

如果我说本故事绝非虚构，你一定半信半疑。然而真真假假，假假真真，世间的事也不大能说得清楚。

这要从三十年前的一场大火和一棵千年古槐说起。我是在西安城墙边老东关的巷子里长大的。虽是穷街陋巷，可毕竟是"皇城"根下，随便跺一跺脚都可能挖出来秦砖汉瓦。

我们巷子口，有一棵老槐树，相传是李世民亲手栽的，只是相传，谁也不会为一棵树去著书立传。

一个清晨，鸡还没叫，蹬三轮车卖豆腐、豆腐干的叫卖声也还没听见，整条巷子就乱成了一锅煮开的粥。

是大槐树自己着火了，悄无声息地烧了一个晚上。

大火没有伤及无辜，树下的破房屋，丝毫没被牵连。熊熊烈火到早上自己熄灭了，只剩下一束巨烟，飞向无人能及的天边。

老老少少都拥挤在树下求药，据说这棵树着过很多次火，每次都会生出很多的小药丸，长得像甘露丸，久病不愈的人吃几粒病就好了。着火是真的，树不死也是真的，能生出治病的药也只是据说。

不管真假，老槐树以它亘古不变的姿态，守着世世代代的生老病死，历经了历史的沧海桑田，又无数次浴火重生。在这条寻常巷陌里，它就是孤苦的人膜拜的神祇。人们给它披红挂彩，祈求着现世的安稳，子孙后代的福祉。

整个上午，人们头碰头、脚挨脚，跪的跪、拜的拜、求的求。可一到中午饭点，众人一哄而散，三言两语岔开话题，就把这事抛到了九霄云外。满巷子的锅碗瓢盆都鼓动起来，浓浓的饭菜香占据着人的一切，五官、肠胃，还有思想。

每一家都在这相似的一日三餐中，烹煮着不同的苦乐年华，然而总免不了漫长的煎熬。在那时候，物质的贫穷、精神的匮乏、生存环境的艰难，让人在最平常的日子里，也是提着心，吊着胆，搜着肠，刮着肚。

烈日当头，一个干瘦的老太太，驼着背，挂了个拐棍满巷子喊："七宝！跑哪去了？七宝……"

那是刘妈，喊自己的儿子回家吃饭，从东头喊到西头，也不见人影。突然，老槐树洞里露出一个白胖脑袋，嘿嘿地傻笑，原来七宝又钻到树洞里去了。他笨拙地爬出来，被刘妈用拐棍赶着回家了。

七宝天生是个傻子，一天到晚坐在大槐树下，手里摇着一个拨浪鼓，那是刘妈用筷子和饮料瓶给他做的玩具。他穿着开裆裤，要害处被宽大的衣襟遮住。偶尔情绪一激动站起来，不该露的地方全露了出来，再往前行进几步，小姑娘们都吓得捂住眼睛，尖叫一声跑回家去了。

大火后，老槐树没有明显的创伤，反而感觉又高大了一截。树冠多了一层神性的光环，枝干有一种欣欣向荣的势头，树下营营役役的人们够不着，够不着。

他们从出生开始就被告知应该怎么样，不能怎么样，浑浑噩噩地长大、变老、死亡。麻木的人云亦云，满口的陈词滥调，在生存的圈套里越陷越深，一步一步变成欲望的奴隶、无知的囚徒、时间的傀儡。

树下有三两个人议论着火的原因，有人说是傻子在树洞里玩火引起的，有人说是老天爷发怒，有人说药丸是吕洞宾显的灵，都是一些不成体统胡吹冒撂的话。

一旁坐着的大俊，压根就没把他们看在眼里，只是冷冷地抛了一句："木生火，火生土。"没人理会，因为他是个疯子。

大俊往天上看着，嘴角露出一抹笑意。想起昨天傍晚，不知从哪弄来一瓶啤酒和半只烧鸡，刚巧碰见七宝一个人坐在树下，就把烧鸡给他了。

七宝狼吞虎咽的，一边吃，一边听大俊滔滔不绝地说着关于人的自由意志，很有演讲家马丁·路德·金的"我有一个梦想"的演说风采。

大俊说："天上的云一直在变，可是天空不变。这世界上唯一不变的，就是变化本身。还有一件事能确定，就是人都得死。你别笑，咱俩不一定谁是神经病……"说的都是疯癫至极的话，可听着总感觉是大师说的。

七宝的嘴被烧鸡占得满满的，没空叫好，却用空着的那只手一个劲儿地竖大拇指，他这会儿可一点不傻。

大俊一手指天，一手指地，有点天上地下，唯我独尊的意思。说得唾沫星子乱飞，渴了就灌上一口啤酒。

他们俩的举动，巷子里的人见怪不怪，最多扔下一句调侃："今天两人凑一起了，关系好哦！"

我敢保证，那一刻的七宝，给皇帝当他都不干，给大俊总统当，他也不干。

生命就本质而言，没有谁比谁更高级。谁敢说一个疯子和一个傻子，在一棵千年古树下的交会，不是茫茫宇宙中两颗巨星的碰撞？谁知道昨夜的火，是不是源于两人擦出的火花？

大俊是个高才生，十八岁那年高考落榜，就此疯了。他们家解放以前是大户，后来家道中落，父母双亡，大俊唯一的姐姐嫁到了美国。前些年姐姐回来要接他出国，办签证体检时测出有精神障碍，被拒签了。

很多人都说大俊平时是装疯，可二十世纪八十年代末，能去美国对于普通人来说，是一个巨大的诱惑，他为什么要在体检的时候继续装疯？

他如果是真疯，为什么说起国内外局势、谈古论今的时候，又有着超人的格局，脱口而出的都是精妙的言辞，这一直是个谜……

邻居吃饱了没事干，就问："大俊，美国那么好，你咋不去？"大俊只是笑，隔了半晌，冷不丁冒出一句："三十年河东，三十年河西。"

细想来可不是吗？三十年前，他们家还住着四合院，大大小小几十口。后来死的死，亡的亡，走的走，散的散，只剩他一个人疯疯傻傻的，住着一间牛毛毡屋顶的破房子。

如果大俊今天还活着，他就会看到自己的预言成真，改革开放四十年后的中国已经脱胎换骨，老东关早已高楼林立，连老槐树都退居二线了。

大俊每天一早起来，就在老槐树边上转悠，思考着地球以外的事情。

有时候他把废报纸粘起来裹在身上，披头散发，裸露的胸膛上戴着一个木头削的十字架，很神气，像是巴黎时装周上，环保主题的 T 台模特，一路走来一路盛开；有时他也会给自己的脸上涂上黑灰，在头顶束个发髻，穿个铁皮马甲，打扮成秦俑，声称自己是从临潼一号坑转世而来的。

"一箪食，一瓢饮，在陋巷，人不堪其忧，回也不改其乐。"这是大俊常挂在嘴边的一句"疯话"，小时候觉得好玩，就跟着大俊学会了这句。成年后读《论语》，才知道这是孔子在赞颂他最爱的弟子——颜回。

可见，大俊知识文化储备的深广。

前一天的演讲和这一天的大火，不知怎么让本来就疯的大俊又着了魔，自己用针线把嘴缝上了，还在胸前挂了一个牌子，正面写着"看破不说破"，背面写着"沉默是金"。

这绝对是一场极富中国文化底蕴的行为艺术，也是老东关的人最后一次见到大俊。

几个月后，突然有人在报纸上看到了大俊的照片，标题是"东关大俊扬言自行车飞越黄河"。

大俊之所以要飞越黄河，是受了柯受良的影响。柯受良是台湾的特技演员，他的飞车技术举世无双，然而在奔涌的黄河面前，几次尝试才成功。大俊的自行车怎么能实现？

那是一颗狂放不羁的心在飞越。

那段时间，各大媒体争相报道，东关的疯子成明星了。消息热了一阵子，再就没下文了，大俊就此人间蒸发。他是不是真去飞越黄河掉下去了，依然是个谜……

至于傻子七宝，没有那么荡气回肠。大俊人间蒸发的同一年，刘妈久病成疾，身体每况愈下。

刘妈临终前，天天蹒跚着走到老槐树底下，嘴里念叨着什么，像是在寻求自己来世的归属，更多的该是在祈祷：死后傻儿子能有所依靠，健康地活着……

刘妈死后，七宝就再也不会笑了，整日整夜地钻到老槐树的树洞里，那就是妈妈的怀抱……

邻居轮流着给傻子做饭，但因为他吃得太多，慢慢就没人愿意往进白搭了，后来老家的姨妈把他接走，听说半年后，七宝葬在了乡下。

来年五月，满巷子又飘起了槐花香，比往年更加芬芳。小孩子会随手在地上捡一把槐花放在嘴里嚼着，唇齿间都是甜的。

老东关所有的飞扬和悲伤，老槐树都看在眼里，却不会放在心上，因为千年的修炼已让它看透了世间的枯荣与生灭，没有什么不能包容，也没有什么不能原谅。

历经世事沧桑，灵魂依然向上。

弹棉花的纵横交错，飘起来的棉絮微微呛人，有着三分妥帖、两分慰藉；爆米花的锅，爆炸时震天响，震碎了平凡，震碎了时光，震碎了这卑微且无奈的生活……

风 月 情 债

爱情是文学史上永恒的主题。然而我一直不敢触碰，怕我写起来下笔太狠伤了自己的元气，戳得别人也太疼。爱情故事，在我眼里只能称为男女故事。因为一句"我爱你"里面，不知掺了多少杂质，钱、欲、虚荣、占有、索取……

爱情，那是束之高阁，供在神坛上祭奠的，不是用来把玩的；爱情故事，是用来歌颂，不是用来体验的。下面我要讲的，只不过是一段男女故事。

我十三岁那年，一个炎热的夏日，隔壁的空房搬来了一对租客。男的手里抱一把吉他，一把长发遮住脸，看不清眉目。女人长得唇红齿白，一双杏眼娇滴滴的，穿着黑色的吊带背心、卡着臀边的牛仔短裤，露着一截雪白的腰身。

居委会大妈看着他俩进进出出，靠墙嗑着瓜子，斜睖着眼睛，从牙缝里蹦出一句话："看吧，两人再好也好不过今年冬天，我见得多了！"说完还嗤之以鼻地哼了一声。看把她气得！

在拥挤的大杂院里，逼仄的空间中，墙挤墙、窗挨窗，众目睽睽之下没有隐私可言。人的心也像院子里狭窄的甬道，容不下别人半点不堪，尤其是外来人。

三伏天的中午，全院子的人都午休了，蝉鸣声连成一片，在暑热里显得格外聒噪，像个钟罩盖住了所有的声响，却盖不住这对小情侣黏在一起，莺莺燕燕地呻吟。鸽子停在了他们的窗台上，透过竹帘子看着这如胶似漆的爱欲，不觉红了眼，从胸腔里发出咕咕的、兽性的叫声。

午后，院子里哐啷一下热闹了起来，他们屋里传出的是吉他的弹唱，唱得最频的是崔健的那首《一无所有》："我曾经问个不休，你何时跟我走，可你却总是笑我一无所有……"

他们俩好像除了干柴烈火，真的一无所有。

渐渐地，我和她混熟了，叫她小梅姨。她的嘴唇厚厚的，笑起来牙床微微露着，眉眼都和善，不太说话，看我闲着就对我招招手，叫我到她屋子里玩儿。

他们没有床，只有一个床垫铺在水泥地板上，一个简易的桌子上堆叠着锅碗瓢盆，就是生活的所有。然而她却有两大行李箱的衣服，好几瓶香水。

小梅姨会把衣服一件一件拿出来喷上香水，穿在她曼妙曲折的身体上，挨个让我帮她看哪一件最漂亮。有紧身的长裙、飒爽的套装，还有只在香港电视剧里见过的露背装……

对我来说只有艳羡，恨不得立马长大，能有资格在这些光鲜亮丽的衣服里穿行。她的男人叫韩超，见人从不说话。只记得他总是皱着眉头，一脑门的官司，两条腿不停地抖，抖得人眼晕。他夏天很怕热，热到抱着个冰块躺在凉席上，冬天又很怕冷，恨不得钻到蜂窝煤炉子里。

当街坊邻居正嘀咕，这一对男女天天窝在家里干那个事，靠什么吃饭时，两人神不知鬼不觉的，在巷子口的空地上摆起了摊，支了个锅灶，卖扯面。

韩超是主厨，那一道道的裤带面在案板上飞舞着，也自风流倜傥。小梅招呼客人，不大说话，只是拧着腰妩媚地笑。刚一开张生意就很红火，巷子里的人都来捧场。

关中人生命的主旋律都在这一碗面里，人生大事，荣辱悲喜……生一碗面，死一碗面，红白喜事都要吃面，平常的日子里，如果没吃上面，就算没吃饭。生活的酸甜苦辣咸，都搅拌在大碗里，用筷子高高地挑起人生的激越，又捞着碗底人生的苟且。

巷子口的这块空地是一片自由领土，谁要是生活不下去了，都可以来摆摊，卖什么都可以。弹棉花的纵横交错，飘起来的棉絮微微呛人，有着三分妥帖，两分慰藉；爆米花的锅，爆炸时震天响，震碎了平凡，震碎了时光，震碎了这卑微且无奈的生活；狗儿扭过头追着自己的尾巴团团转，转到眼冒金星就呆呆地趴到了地上……

等最后一锅面卖完了，韩超抱起吉他开始弹唱，还是唱着："脚下的地在走，身边的水在流，可你却总是笑我一无所有……"

隆冬将至，弹棉花和爆米花的都回家过冬了。这一天从早到晚，一个吃面的人都没有，两人沮丧地围着炉子烤火。这时路过了一个嘴碎的人，随口说了一句："人的命，天注定，胡思乱想不顶用。"

韩超一气之下，把扯好的面条扔了满地，卖面的摊子被他砸了个稀巴烂。小梅姨怎么拦也拦不住，在一旁哭得稀里哗啦。韩超跑到马路中间，冲着整条巷子大喊："就破罐子破摔怎么了？关你们屁事！我乐意听响！"

回家后，两人打闹了一个晚上，车轱辘话一遍一遍吵嚷着：

"卖面，卖屁呢卖！"

"那就卖个别的！"

"你咋不去卖呢？"

"我卖就我卖！"

最后，只听见玻璃瓶碎了，一阵浓重的香水味从门缝里渗了出来，寒夜的风吹着，整个院子的角角落落，都飘着小梅姨的罗愁绮恨。

第二天见到她时，脸上有几道深深的红印，像是天边的几抹红霞，有几分凄楚的美。

很久不见她了……

一个雪夜，整个巷子银光遍野。

我下晚自习回来，推着车子跌跌撞撞地走在路上。只见一个女人，穿着一件纯白色皮草大衣，恰好走到路灯下，浓妆艳抹的面部格外惨白，嘴唇红得残忍，假睫毛的阴影深重地刻画在脸颊上。

　　"小梅姨。"我怯怯地叫了她一声。她看见了我，目光来不及闪躲，像一只惊恐的白猫，浑身都在发抖，那是灵魂在战栗。

　　她没有回应，仓皇地加快脚步走了。这触目惊心的一幕让我的心扑通扑通地跳个不停，整个人像掉进了迪斯科舞厅，又不知哪来的一股羞怯，脸上一阵阵灼热。我斗起胆回头望了望她的背影，只见她白色的身影在雪地上一步一个趔趄，很快融进一片白茫茫大地中。

　　本能告诉我，她做了那种不能见光的职业，我半天缓不过神来。这时候门口有两个小孩有雪不玩，偏偏玩我怕的塑料泡沫，那刺耳的声音从我的耳膜刺进后脑，让我浑身的鸡皮疙瘩都起来了。

　　一阵热一阵冷，回家我就发了高烧，也像是撞了邪。

　　那是我看见小梅姨的最后一眼，多年后看到《茶花女》中的玛格丽特，巴黎风月场里那个交际花，会不自觉地想起她。她们同样是美丽的善良的，却都是薄命女，因情生债。

对于这种女人我从不鄙夷，生而为人，我们没有资格轻慢任何一个生命。风流的女子，不见得心眼不好，恪守妇道的女人，不见得多仁慈。

张爱玲说过一句话，极端犀利露骨："结婚若是为了维持生计，那婚姻就是长期卖淫。"

没过几天，我中午放学回来，发现小梅姨屋子的房门大开着，两人不见踪影。有人说他们为了逃房租跑路了，有人说是煤气中毒，双双被送进了医院。

总之他们就此一去不复返，是不是还活着，没有消息，也无人问津。我有很长一段时间都陷在内疚中，小梅姨也许是那天夜里被我撞见了，无地自容，才选择消失的，如果我那天装着没看见她，就不会有这样悲惨的结局。

其实我想多了，他们仅仅是应了居委会大妈的经验之谈，熬不过这个冬天。

房东嫌不吉利，在收拾房子的时候，要把小梅的衣服拿到后院烧掉。我在门口默默地看着，那些曾经穿给我看的衣服，凌乱地躺在地上，香软的一件件都是她的似水流年，带不走也留不住的孽海浪花。

窗台上一个破损的香水瓶，插着一枝干枯的红梅，残留着她的余味，透着一点点灵犀，仿佛那绰约的风姿、楚楚的脸。

这并不是一个可歌可泣的故事，最多不过是一段风月情债，然而我对它念念不忘，在我下意识的沟壑里难以翻身。我天生是个无可救药的情种，却对两性间的迷离与虚妄，有着极端冷峻的审慎。

人性是如此地复杂与幽微，生命是何其地荒诞与矛盾，真的说不清楚……

他们被彷徨、错乱、性幻想交织缠绕着，有苦说不出。性欲的苏醒和萌动，面对父权、师权和强悍的规则，只能退隐到内心最隐秘的角落。

破洞的青春

如果你家里有一个十三四岁的孩子，突然有一天发现他紧锁了卧室的门，怎么敲也敲不开，你问十句话，他只回答一句，你让他往东，他偏要往西，什么声音都会听，就是不听你的话。那么恭喜，你的孩子进入青春期了。

有一种痛，叫生长痛。有一种痒，叫生长痒。

往往是在一夜之间，他们幼小的身体发生了变化，从此哪儿都不对劲了。浑身痒痒，疼可以忍受，痒真受不了。

女孩子的月事初潮，男孩子的梦中云雨，是在生命的第一个转折期流泻着的一首湿淋淋的雨中曲，由此写下了青春的序。

女孩子面对自己小荷才露尖尖角的身体，怯懦地，尴尬地，里面用小背心紧紧地裹着，外面罩着宽大的衣服，无处闪躲，低着头含着胸，依然是遮不住的羞；男孩子则是浅草才能没马蹄，浑身的躁动无处释放，脸上的每一个痘痘都在叫嚣，发出求偶的信号。

他们像一个个恐怖的小野兽，在灵魂深处嘶吼着，用各种攻击性的行为，发表着青春期的独立宣言。

在这个多少有些尴尬的年龄，他们失去了孩童的天真无邪，却没丢掉任性妄为；他们没有成年人的体魄和智慧，却生出了成年人的欲念，想做一切成年人能做的事情。他们不去理会牛顿的地心引力，却要学着李白"欲上青天揽明月"。理想和现实模糊了边界，看不清自己的面目，只是有一股股无时不在的能量，在屁股底下燃起一团火，随时可以起飞冲上天，把星星摘到手里，骑着白云荡秋千。然而星星灼得头脑发热，白云晃得眼前一片浑浊。

青春期是一条神龙，见首不见尾；是一颗青梅，透心地酸涩；是一株藤萝，千丝万缕的烦恼，剪不断，理还乱。

大部分人提到自己青春期的孩子，只会觉得恐怖，很少人提及他们的痛苦。他们被彷徨、错乱、性幻想交织缠绕着，有苦说不出。性欲的苏醒和萌动，面对父权、师权和强悍的规则，只能退隐到内心最隐秘的角落。

多少人的青春，都是在压抑和禁忌中度过，本该引吭高歌，却失了声，本该五彩斑斓，却失了色。如同电影《阳光灿烂的日子》，青春在表面的灿烂下暗藏了浓重的阴影，孩子们在骚乱、无助、挣扎中成长，做着一场又一场青春残酷游戏。

提起我不堪回首的青春期，最忘不了的，是一条破洞牛仔裤。

那年我刚上初一，在一家省级重点中学上学。学校规定每天必须穿校服，女孩子不能留长发。

然而我偏不，头发是剪短了，自己把它搞成了左边短右边长的不等式。每天都穿着奇装异服，迫于老师的威胁，书包里装着校服，进学校前便歪歪斜斜地罩在外面。

那时自己骑自行车上下学，车子是我在父母面前软磨硬泡，才买来的一辆蓝色山地车。为了更酷，我把车座调得比车把手高，脚踏着车子，屁股翘得高高的，穿着自己设计修剪的破洞牛仔裤，外套总是敞着怀，不等式头发迎风飞舞着。

我独自骑行在初夏的林荫大道上，阳光透过树梢洒在肩头，微风吹到腋下，像只小鸟扑腾腾钻来钻去。整个人都飘了起来，幻想着自己是一颗冉冉升起的明星，万众瞩目的对象，全世界的人都在向我招手。

然而一进学校大门，在重点中学高压的氛围中，气焰一下就熄灭了。

每天只想着打扮、耍酷、引人注目的我，成绩一落千丈，扑面而来的全是父母和老师劈头盖脸的指责和谩骂。

我被迫把头发剪成了齐齐的运动头，但不能彻底妥协，矢志不渝地穿着那条破洞牛仔裤，从夏穿到冬，好像穿着它就能洞穿人生一样。

在数九寒天的一个清晨，我刚刚起床穿好衣服，拖着步子将走未走的时候，突然被我妈一把推倒在床上。

只见她手里拿着一把剪刀，虎毒不食子，难道这是想要了我的命？

趁我还没缓过神，她迅速用剪刀在我的裤脚剪下一个口，双手一撕而上，直到大腿根部。

最钟爱的牛仔裤就这样被撕成两片，我无力反抗，蜷缩在床上大声抽泣，我妈背对着我坐在一旁，边哭边斥责："让你再穿成这样丢人，让你一天没个正经样……"

我妈是被我叛逆的青春期，逼得快疯掉了。

撕碎的牛仔裤，被当成了抹布在地上蹭来蹭去，我的青春就这样被踩在了脚底下，成了横梗在我心底的一道伤痕。

一天晚上，在绝望的情绪下，我喝了半瓶洗洁精，想从此不省人事，谁知道第二天早上和往常一样被闹钟叫醒，除了感觉肚子里冒了好多泡泡，世界依然如旧，便照样穿着校服上学去了。

各种无力的对抗都以失败告终，我的青春时光彻底被关了禁闭，只为攒给那渺茫的未来享用，而谁知未来又是不可理喻地沉重，中考、高考、研究生考……一环比一环更重，插上翅膀也飞不起来。

现在回想起来，青春无忌的内心世界是一篇没有大纲的文章，是一部没有剧本的电影，演奏着一首没有谱子的乐曲，跳着无人托举的空中舞蹈，哪怕摔得鼻青脸肿，也是乱花渐欲迷人眼，杂乱无章却充满了瑰丽的想象。

成年的我们，只能怀揣着青春禁忌的回忆，一只手抚摸着阴影，一只手拥抱着阳光。

我不会迎合他人，也不再躲着人群，只是于千万人当中怀揣着一颗赤子之心；我不再逃避到酒精或别人的怀里，而是醉在了春风里。

春日奏鸣曲

春光是乍现的。

这边蜡梅还残存，倔强地唱着上一季的挽歌，那头红梅已经开始报喜，像是一家才给老人送了终，又添了新的生命，红白都是喜事。

玉兰花又紧跟着节拍，贪欢地开了，任性地织着，织成一张情网。再一转身，红杏也闹了起来，节外生枝，一头钻到墙外去了。

在软风细雨中，枝头挂满了肉嘟嘟的嫩芽，有一种新生儿诞生的感动，鹅黄点点，满眼新鲜。

到了杨柳堆烟，飞絮蒙蒙时，就是二八佳人二九年华，温柔可亲中也带着三分惹人恼……有着春闺中的幽怨，如同《牡丹亭》中唱的："良辰美景奈何天，赏心乐事谁家院？"

春天的节奏明媚轻快，你稍一迟钝，一个篇章就翻过去了，里面的喜怒哀乐，待春逝后空留余恨，如同一个人的童年和青春。

提起童年，首先浮现眼前的是老宅子后院的一株夹竹桃，粗针一样的枝叶上开着俗艳的花，周身散着苦涩的气味。因被大人告诫此花有毒，从不敢触碰，它的存在，成了童年中毫无安全感的背景。长大后才知道，夹竹桃是一味中药，止咳平喘，镇痛强心，有以毒攻毒的药效。

如果说童年是一生的序曲，对于我应是这样的调子：在阴暗潮湿的老宅院里，坐在小马扎上，仰着脸，呆呆地望着那口天井。

晴天时阳光直落，在周遭阴沉的映衬下，像舞台上的一束追光，那里面应该有一个悲剧人物，用撕心裂肺的腔调，抒发着向往自由的心声。

一下雨，天井四周就挂满了珠帘，像琵琶女弹出的大珠小珠落玉盘，点点滴滴的心事道不完。

有时凝云卡在天井边上，想走却走不了，如散不去的愁怨。

天井下身处陋巷的人，日子过得拮据，一箪食一瓢饮，多半只能养出井底之蛙。

我是姥姥带大的，姥爷家解放前曾是大户，后来，只剩下一间破破烂烂的上房，整个院子都分给了别人。

只有屋檐上的一只铜风铃幸免，风一吹就叮叮当当地响。姥爷听见了先咳嗽两声，接着用他那破锣嗓子故意大声喊给邻居听："铜的算什么？想当年挂金铃铛的时候，你们还不知道在哪呢！"

姥姥忍不住回应："唉，造孽呀……"

一听到这些，我就舔舔手指，在纸糊的窗子上捅一个小洞，看见在弥散着灰尘的斜阳里，姥爷拄着拐棍的身躯缩得很小，眼神里却是几千里地没有人烟。

姥姥在给自己弯曲的背脊上拔火罐，长吁短叹着常年挂在嘴边的话："人活着受罪呢。"这句话太浓重，把周围的一切颜色都冲淡了，拔罐的那一点火光也随之熄灭。

当然在这样忧伤的主旋律中，也会偶尔雀跃出欢快的调子，那就是春天。

每天放学后，小伙伴们都拿着作业去兴庆公园写，没错，就是杨贵妃"沉香亭北倚栏杆"的地方。

写完作业后，用柳条和七色花编成花环，戴到头顶当成皇冠。假山、亭台、湖畔、竹林、桃花园……我们笑着奔跑在自由的国度里，自己是自己世界的主人。

我迫不及待地想长大。长大了才知道，贫与富都逃不过生而为人的磨难。很多人见了我，都会发现我眼神背后总有一丝淡淡的忧伤。我生命轨迹里，带着家族命运的后遗症。我曾终年随身携带着不被爱的恐惧度日，无数个辗转的夜里吞下巨大的黑暗，精神几度塌陷时，逃避到宗教中找寻归宿，却也尝尽了宗教的束缚。

我曾在一首诗里这样写道：

我不知从何而来，也不知去向何方。

曾几时身披彩云般的盛装，挥洒着心中的霞光万丈。

到头来，身无所栖息，灵魂依旧流浪。

说什么流年被酿成琼浆，岁月被塑成雕像。

都是为了活着说的谎。

吃过断肠散，也喝过安魂汤。

尝尽了炎凉，也上了温柔的当。

一声轻叹，何时归故乡。

不知道什么时候起，我把自己哄开心了，也许是通过写作不断地与过往和解，也许是被一阵风给吹醒了，也许一切都是注定的。

我不再顾影自怜，只会对着镜子用眼光给自己镶金边；我不再对月长吁，临风洒泪，而对一花一木、一虫一鸟，对行走的云和不动的山，对周遭的一切都饱含着深情；我不会迎合他人，也不再躲着人群，只是于千万人当中怀揣着一颗赤子之心；我不再逃避到酒精或别人的怀里，而是醉在了春风里。

我与我的春天撞了个满怀，走在路上像是被悬挂了起来，在微风中荡秋千，再这样快乐下去，要和风筝一样飞起来了。

一位外卖小哥停靠在路边，就地做起了俯卧撑，较着劲的臂膀、起伏的身躯都像是在发表宣言："英雄不问出处。"一组做完，起身蹬起小车，飞驰到柳浪深处。

这时轰隆隆一声，轻轨观光缆车从头顶驶过，是这个时代重金属的乐曲。转角处，在楼宇的阴影下，遇见一树不知名的花，比别处的发育迟缓，但也卖力地开着。生命之花，和自然之花一样，向阳面开得早，背阴面开得晚。

可无论什么节奏，花都会盛开。

　　我的春天里再也没有夹竹桃的威胁，却时常怀念童
年的那一丝苦味。

贰

红尘

一日看尽长安花

还是那个一千年前的月亮，照了一千年不愿醒的梦中人。

游鱼歇息了，鸭子也不再搅拌，一只白鹭载了一翅膀的月光，从湖镜面上平行掠过，不偏不倚，寂然独立，从东岸飞到西岸。

白鹭翩跹

不知从什么时候起，饭局酒会里要有个文人参与，才够体面。我总是抱着能吐露点心扉的期望前去参加，却欲说还休，在推杯换盏间，用酒堵住了嘴。不是无话可说，是实在没有语境，孤掌难鸣。

文人，本应独领风骚，但现在只是人间筵席上一抹装点。

朋友约来湖畔一个隐秘的会馆，茂林修竹，廊腰缦回。踏入其中，竟恍若置身《红楼梦》大观园众姐妹结诗社的场景。

这是一个以女士为主的西式品酒会，各个盛装出席，周身闪耀。有的已经进入状态，有的躲在角落里补妆。已经十几年没穿过裙装和高跟鞋的我，虽没觉得比别人矮半截，倒也有三分不自在。

张爱玲说过："同行相妒，似乎是不可避免的……所有的女人都是同行。"

一入席，人人都在用服饰装扮暗暗较量。

"哎呀，你今天的发型好……这双鞋很搭……"满脸堆着笑，眼角却飞扬起妒忌的光。

刚开始都举止优雅，声音如微风震箫，不一会儿就开始高谈阔论，老公、孩子、生活品质大比拼，像七八个声部同时比音高。

"上个月我带孩子去新加坡打疫苗……"

"干细胞是一定有用的……"

"巴尔干半岛的风景好得不得了……"

…………

说话时的神情各个都能穿云破月，扶摇直上。

好不容易轮到我说话了，想说句"把酒祝东风，且共从容"。

"把酒……"一开口耳根子就一阵热，也不知道羞愧什么，总之难以启齿，只有干杯。等几杯下肚，我的脸红得像个烂熟的柿子，怕是一碰就会流出泪的，也并非觉得难堪，只是一肚子的不合时宜，借着酒劲挥发出来，全挂在了脸上。

朋友见我这般情形，便想着解围："哎呀，我们的大作家，喝了酒还不作一首诗？"

我皮笑肉不笑地应酬了一句："喝了酒还作什么诗？酒就是诗。"总算让这个无关痛痒的对答盖住了我的尴尬，众人干杯，一笑而过！

我躲到阳台上想去吹吹风，风里断断续续飘来不成调的小号声，支支吾吾演奏着《两只老虎》。想起歌词写的是两只残疾虎跑得快，不禁打了个寒战。

湖堤的杨柳被霓虹照成蓝阴阴的紫，又变成赤火火的红。对岸的红粉朱楼和水中的倒影扭结成一片，特别像聊斋里演的，一栋豪宅上一秒还歌舞升平，一晃就变为废墟。

隔壁的阳台是个雅座，形状是个伸出的舌头。面对面坐着一男一女，在复杂的灯光交错下，很像一座浮雕，立体的，但终是浅薄。

聚焦看细节，中年男人手里一直盘着一个油汪汪的葫芦，脑门像被盘过一样油光发亮，也是个纳福的葫芦，不需要任何思想。

年轻女子头发高高竖起，身穿一袭肉红色长裙，裙摆翘起来，很像一只澳洲龙虾。白白的手臂像倒出来的乳汁，高耸的胸部像是被未来的憧憬牵着头，连锁骨上的红宝石坠子也在张着嘴笑。

她把鱼子酱放在手的虎口处，伸出舌尖舔了舔，那魅惑的姿态让对面的男人垂涎三尺，用眼神已经把她剥了，一虾三吃。

旁边放着一个宝宝椅，仔细一看，里面坐的是一只泰迪狗，头上还扎着一个蝴蝶结。天哪，是我醉了还是来到了一个疯狂的世界？真是人不像人，狗不像狗。

窗户里面已经酒过三巡，优雅的女士派对变成了菜市场。美女们妆容渐渐凌乱，说话分贝越升越高。有人正在炫耀自己的见识："只有法国香槟区产的气泡酒才叫香槟，其他的都只是气泡酒……"

不知道谁从夜市叫的外卖到了，有羊肉串、卤鸡爪还有拌皮蛋。

"哎呀，你们讨厌死啦，人家老外觉得中国人最恐怖的就是吃鸡爪和黑鸡蛋。"只听见一句嗲声嗲气的抱怨。

又一个尖嗓门在宣布："告诉你们一个秘密，香槟和皮蛋搭在一起呀，是绝配！"

我心想：哎哟喂，这土洋结合的，真是混搭界的天花板。

我正想离开，一只高跟鞋冲着我直飞过来，紧接着传来一声哭喊："要么给我钱，要么给我爱，要么给我滚！"

进去才知道是一个醉倒在地的小妇人，最近正在和丈夫打离婚官司，正好借酒发泄。

"我是谁呀，打不死的小强！"众人有的过去搀扶，有的隔岸观火，我趁一片混乱，悄悄溜了。

踉跄穿过一片幽深的树林，沿湖畔走着，不知身在何处。湖畔的外沿高楼森耸，一个个都有通天的本领。一群野鸭要么伸着长舌叫嚣，要么在浑水中摸着鱼，惹得湖面一波才动万波相随。

双龙戏珠的景观滋滋地吐着水，我也恨不能把满腔的忧愤吐出来。这时候一股寒气从地下十八层涌上来，夹着时代的悲风，裹住酒烫的身子，让我像发了疟疾一样，出了一阵阵冷汗。

歇了许久才缓过来，走过一道九曲桥，想起这是大唐文人墨客曲水流觞的地方，是"天子呼来不上船"的那个湖畔，也是"笔落惊风雨，诗成泣鬼神"的圣坛。那是怎样的锦绣烟尘、风华绝代，我想象不来，只是越发觉得自己与水中的倒影茕茕孑立，形影相吊。

也是在这湖畔，多少侯门望族盛极一时，却转眼冰消瓦解；这里也曾有过多少厮杀掠夺，经行过多少食不果腹、衣不蔽体的人；这片湖尝过多少恋人的情味，又吞过多少离别的泪水；甚至还有不小心溺水的儿童和无路可走投湖自尽的人……

酒没散的缘故，脑子胡乱飞着。远处响起了钟声，炫目的霓虹灯骤然熄灭。一轮灼灼的月，从细柳间透出来。

还是那个一千年前的月亮，照了一千年不愿醒的梦中人。

游鱼歇息了，鸭子也不再搅拌，一只白鹭载了一翅膀的月光，从湖镜面上平行掠过，不偏不倚，寂然独立，从东岸飞到西岸……

我终于吐露了一句心扉："白鹭翩跹泪潸然。"

剑客见到此番盛极而衰的悲壮，骤然顿住。他一生刀光剑影，胜敌无数，却无法用手中的剑解剖自己，更无法征服对孤独的恐惧……想到此，剑从手中滑落，被成片的花瓣淹没。

剑雪樱花

终南山下，春风销魂。

两个剑客，并肩江湖称霸，一个纵横四方，一个睥睨天下。

两人曾相约，每年惊蛰过后，天清地明之时，在长安城外一树樱花下对决论剑。由于剑法难分高下，此番只较量内敛之气，一招一式，都不得惊惹片点花瓣离落。

一晃三年，胜负依然难断。

第四年初春，其中一人如期赴约，独自在树下等了三天三夜，却未见对手踪影。

第一天，只有风。

第二天，只有月。

第三天，只有满天星辰。

这三日，他头脑里乱箭横飞，惶惶不安。

终于明白了，他的对手不是别人，而是另一个自己，生命中须臾不可分离。正准备奔赴天涯海角，寻迹那个丢失的自己，一只信鸽衔来尺素："前日比武受害，身中毒剑，命不过今晚，与卿誓约，未能善终，此生甚憾……"

浓云密布，一声春雷滚滚而来，雨落天际，他眼中的剑气全化作泪水滔滔流下。雨滴夹着片片落樱，都似离人的亡魂飘荡，空茫无依。

雨停歇，剑客仰望离恨天，想来这世间再无人争锋，余生形单影只，顿觉五脏被掏空，实在无力活下去，与其孤绝而死，不如当即了之，于是拔出利剑，将要自刎。

剑刚出鞘，东风掠过，一树盛开的樱花漫天飘落，宛若揉碎的白云从天上垂倾下来，掏心掏肺，诉说着生生世世的离合。

谁说它不是剑涌芬芳？却让你柔软得无处躲藏。

剑客见到此番盛极而衰的悲壮，骤然顿住。他一生刀光剑影，胜敌无数，却无法用手中的剑解剖自己，更无法征服对孤独的恐惧……想到此，剑从手中滑落，被成片的花瓣淹没。

他从此阔别江湖，隐入终南，遇水顺水，遇山靠山。

每年樱花盛开之际，他依然至此，手中那柄剑换成了箫，一壶清酒，花间独酌。箫声幽幽咽咽，为樱花之舞奏鸣天籁。

花瓣零落在酒杯里，飞卷在心里，飘忽在梦里。

…………

这当然是个故事，缘起前几日，夜宿终南山下的一个院子。

早起推开窗，抬眼看到一树樱花正在怒放，开成了一片香雪海。这胜景足以催破我内心的一切防线，片片飞舞的樱雪，缓缓飘落在地上，引起一阵又一阵温柔的牵痛。

于是很想作一篇文章抒怀，可苦于樱花的神情太难捕捉，怎么落笔都不对，正如古人写樱的诗句，"苦无妖色画难工"。

樱花，用它自身极尽浪漫的语言，表达着如梦如幻的一生。书写它的难度之大让我几度想放弃，又心心念念割舍不下。想来只有现实未及的笔触，才能配得上樱花的况味。于是在孤夜寒窗下，借着酒劲，即兴编了这个剑客的故事，聊以慰藉衷肠。

在樱花身上，我看懂了"浪漫"的真意。浪漫，是用那种不被现实拖泥带水的超脱，冲出世俗藩篱的勇气，来直面人生的悲喜。不求长乐未央，宁愿勘破三春景无常。

世人对樱花误解太深，它不是娇弱无骨，不是红颜薄命，更不是温柔的陷阱。

桃李斗艳的姹紫嫣红，对它是种冷嘲热讽；海棠梨花愿意效仿，可形似神不似，理到情不到；一旁还有干枯的玫瑰，死在枝头也不愿放手，更是唱着极大的反调。

樱花不愿被定义，也不愿被篡改结局。

当无数个笑脸簇拥在枝头的刹那，也是它与这世间挥泪告别之时。它一闪而过的短暂生命，布满了创痛，却潇洒坦荡，当舍即舍，生死与共。

…………

樱花让剑客参悟了什么，说不清楚。只是这树繁华的陨落，既是起点，也是终点，即便短暂，终归永恒。

得其当下，尽其一生。

逍遥的路，苦短的路，自由的路……我走过的路不想留下脚印，像雁过长空、梦浪的翻滚，无痕。只愿用脚下的每一步，把路，踏成道。

路 踏 成 道

隆冬还没舍得走，春寒已到。枝头上刚萌发了一点欲念，又被雨雪熄灭了，一点湿冷的哀愁挂在树的眉梢。乍暖还寒最难将息，这是四季的空窗期。

寒风中飘来码头的汽笛声，呜呜咽咽地痛人肝肠。

身体还没痊愈，就已经开始在奔走中消耗。这世间有多少事自己能说了算呢？

我低头看看，此时能说了算的只有一双脚。我独自走在桥头，脚下是东逝水，头顶是苍茫的夜，隔水相望的是满城灯火。

桥虽窄，却也能走出天高地阔。

我平时最喜欢独自漫无目的地行走，阳关道，独木桥，一马平川，弯弯绕绕……有时路过荒草枯杨，有时穿花度柳；有时走进深山密林，有时来往在十字路口……

去年那个无常的秋冬，我常在附近的郊野公园里走。

暖阳下落了一地的红衫针叶，铺成砖红色的毯。玄鸟在林间穿梭，从枝头俯身冲下来，刚落地就又起飞，去拥抱白云朵朵。

旁边不老的松树，两撇胡子层层堆叠，一直笑到九重天。还有饱经风霜的柿子，散发着寒香的蜡梅，没有一点儿胡思乱想的修竹……

这些纯粹的声与色，带给我无尽的欢乐。

直到夜幕降临，四下无人，连鸟惊飞的声响都没了，枯枝在青灰色的天幕里，孤影独子，无声胜有声。

头顶上一弯新月如钩，钩到了心头肉。

我也常在老城区的市井巷子里走，看很多好玩的东西，有看小人书的快感。街边有古董一样的绿色邮筒，冰糖葫芦红得通透，烤红薯的甜味幸福地飘着；被高楼催逼到路边的老槐树，已经驼了背，依然摧枯拉朽地长着；理发店门口的广告灯，螺旋着向上扭动，撩拨着路人的心弦，孜孜不倦……

我特别爱用文艺电影《柏林苍穹下》天使的视角看人间，一幅真实的全景。

我首先看到的，是路边摊上炸麻花的老板，灯火映在他脸上，泛着橙黄鲜亮的油光，炸好的麻花色彩和线条无懈可击，摆出来是一件件艺术品。

旁边蹲在马路牙子上的农民工，打着扑克抽着烟，面前放个纸板子，上面歪歪斜斜地写着"瓦工30一小时"。虽是没等到活干，脸上洋溢着妥帖的笑，他们也是城市的主人。

还能看见通下水道的工人，光着膀子，只露个头在上面，拉管道时满脸暴着青筋，一副用尽全力活着的样子。

接下来是十几个环卫工人，他们在路边拍合影，笑着喊"茄子"，一张嘴就能看见没剩几颗牙，鬓发霜白，像一片霜打的茄子，是生命最后的顽强。

…………

这些都是城市的边角料，常常被人忽略的角色。

撑起城市衣冠的，还是一串串奔走的脚步。匆匆，太匆匆，只知道"两点之间直线最短"，走着路头脑还在起着风暴，甚至还要刷手机打电话，眼观六路，耳听八方，唯独忘却了脚下的路。

其实，脚下的路不是通往明天的路，也不是通往远方的路，是对大地热忱的亲吻，是对此刻的世界掷地有声的承诺。

世道艰辛，却总不会无路可走，没有穿云破月的本事，挖地三尺也有路。退一万步讲，也还能放下屠刀，立地成佛。中国人就有水一般的品质，遇圆则圆，遇方则方。人间的路有数不尽的迂回。实在无路可走的时候，就离起飞不远了。

…………

想着想着，雨雪纷扬起来，眼眉被打湿了，像一条落水狗。我在倒映着霓虹灯的地面上，一脚踩出一朵红花，一脚又踩出一朵绿花，一朵一朵，诡异地闪烁。

有些茫然，有些凄凉。

这样的情绪也没什么不好，和暧昧的天气正合拍。远远地飘来了吉他伴唱，是桥洞下的流浪艺人，唱着"亚细亚的孤儿在风中哭泣，黄色的脸孔有红色的污泥，黑色的眼珠有白色的恐惧，西风在东方唱着悲伤的歌曲……"

听的人眼睛模糊了，管他是雨水还是泪滴。我并没有驻足流连,而是加快了脚步继续向前。

　　迢迢的路,苦短的路,自由的路……我走过的路不想留下脚印,像雁过长空、梦浪的翻滚,无痕。只愿用脚下的每一步,把路,踏成道。

长安水边，环肥燕瘦，丽人行千年不散场；曲江流饮，文人骚客从古醉到了今；李白、杜甫、白居易，花间酒梦里一语道破天机，盖天盖地；大唐风韵，不动声色地倾倒了一个又一个世纪。

闲 居 时 光

日本茶席上最触目的，是暗黄色背景墙上，垂下窄窄的一条卷轴，上面写着四个中文字："今日无事"。禅师点化，"无事是贵人"，世人偏偏是闲愁最苦，无事偏要生出个非。"是谁无事种芭蕉，早也潇潇，晚也潇潇。""是君心绪太无聊，种了芭蕉，又怨芭蕉。"

今早醒来，身轻如燕，无病无痛，无身外之物牵肠，也不想插花弄玉打发时光，那就干点人生大事，喝茶晒太阳。

太阳的光芒照在身上，有神明与你同在的感动，喝茶的小瓷壶被金缮过，很是精妙。

补瓷器算什么？连天都是被女娲补过的。

壶身已有了冰纹，像是心上的裂痕在延伸，虽是斯人已去的痛感，但人生的每一次遭遇，都是弥足珍贵的。

窗外自有一番天地，远山是"云横秦岭家何在，雪拥蓝关马不前"的终南山，近水是"三月三日天气新，长安水边多丽人"的曲江池。

悠悠终南，在云遮雾罩中若隐若现。高兴了就露个脸，看看这你方唱罢我登场的人间舞台。

长安水边，环肥燕瘦，丽人行千年不散场；曲江流饮，文人骚客从古醉到了今；李白、杜甫、白居易，花间酒梦里一语道破天机，盖天盖地；大唐风韵，不动声色地倾倒了一个又一个世纪。

生在长安的一株野草恐怕都要比在别处风流些。

曲江池的湖面很平静，好像千百年来什么也没发生过。

一阵微风吹过，给上面蒙上了一层磨砂。船划过水面，留下身后一圈一圈，光照下像女人颈上的珍珠项链，柔柔的波光像是在人背上挠痒痒。

日上中天时的水光，像是把太阳搅碎洒到了人间，湖面镶满了金银钻石。

是谁把自家的宝贝倒了这一池子？此举堪比《庄子》中"藏天下于天下"，真是心光无量。

我可以坐在这里一整天，只是数着时光的节奏，这方寸大小的阳台，能容得下四季的乐章。

春日在花遮柳护中，与蝶儿共舞；夏夜是旷野里踩着星光逐风的脚步；伤秋时节落叶惊起残梦；皑皑冬雪落了片白茫茫大地真干净。

有了这此刻的天堂，谁还去追逐诗和远方？谁还在期待明天会更好？没有人说话，就与天地对话，静静地和自己待着，早已胜过了万语千言。

太阳西斜，我和它面红耳赤脸对着脸，相看两不厌。远山又隐遁了起来，是不靠谱的靠山。我们一生浪费了太多时光去寻找靠山、名利场、温柔乡，殊不知能靠得住的只有眼下的风光。

读万卷书，行万里路，交一万个朋友，都不如学会与自己相处。

枝头的两只鸟，一唱一和叫得销魂，此时的眼睛和耳朵都有些落寞了。然而不舍最后一点天光，翻开了桌上的《人间词话》。忽地飘来幽幽的寒香，是瓶里斜插的蜡梅，书桌上的一缕芳魂。

一只飞虫扑到纸面，任它在字里行间游走，斜阳恰好照着那句"驿寄梅花，鱼传尺素"，顿觉阔朗。

青山露出本色，被一道淡墨勾勒出轮廓，我袅袅的思绪像苍雁，飞过山外山。

晚饭吃了一碟翡翠白玉，一碗滚滚红尘，是白菜豆腐和杂粮米。吃完出去散散步，看了看路上的邻家小妹和隔壁老王。

又是满月高悬的时分，想出口形容一番，却发现古人不给现代文人留活路，好词都被写尽了，冰轮、玉盘、桂华、婵娟……写作的人谁甘心鹦鹉学舌？我只有眼巴巴地看着，直到它的光环覆盖在瞳孔上，融化到心间。

躺下了，楼下传来男男女女的喧闹声，一阵风吹过，便飘到了几千里远，像是烟花一欢而散。这些都不与我相干了……眼皮快黏在了一起，这一天已经到了梦的边缘。

时间是个导演，用命运的剧本推着地球上几十亿人在行走中表演，从无彩排，永远即兴；每一场戏都一条过，无法重演。人生也充满了不经意的遇见，无常的到来从没有一丝铺垫，处处都是悬念。

人 间 剧 场

听说人活着只做两件事情，晚上闭上眼，早上睁开眼。晚上活在梦里，白天活在戏里。早上一睁眼，拉开窗帘，就拉开了世界的大幕，你和我和他，便粉墨登场。

这一天早上日光格外辉煌，每个人都是舞台上的主角，不需上妆都能发出闪亮的光。

刚走到街上，只见一个西装革履的帅哥，四肢盘踞在一棵大树的中段，骑虎难下，一群男男女女在下面绕着树围观。这是演的哪一出？武松打虎还是林冲夜奔？服装场景都不像！

原来他是在奋力营救一只爬到树顶上下不来了的野

猫。只听过英雄救美的故事，英雄救猫可也是别具一格。

这样的场面在没有任何艺术加工的前提下显得有些滑稽，可不知怎的，总觉得树上的那个人背后闪耀着救赎的光环，不管猫是否得救，英雄会不会从树上掉下来。

转过街头，走到街心公园，一个保洁大妈守在垃圾车旁做直播，操着一口地道的秦川普通话，浓重的苞谷面味道，对着镜头嚷嚷着："上点关注下点赞，人生越活越灿烂……"下面的一串台词语速像是开机关枪，大体是在呼吁大家保护环境，爱护地球。真是人人能成明星、个个能搞行为艺术。

接着上来的是一组群众演员，十来个幼儿园小班的小不点被一根绳子牵着，前后有阿姨护着。一个个圆滚滚的身子穿成一串歪歪扭扭的糖葫芦，小眼睛四处张望，看周围的大人很像动物园的大猩猩，眼神好奇又有一丝惊恐。

娃娃们还没下台，大妈模特队闪亮登场。整整齐齐统一着装，一身旗袍，架着墨镜，高跟鞋落地噔噔响，每一声都在向路人宣称，落脚的地方就是我的舞台。

我很享受这样在人群中穿梭，边走边看人间万象，认真体验每一次擦肩而过。双脚踩过的地面，千百年来不知道有多少繁盛，又经历过多少次坍塌，然而这来来往往，人潮汹涌，人生代代无穷尽，永不落幕。

不像舞台戏，虽有两个小时叱咤风云的体验，可一旦大幕落下，所有的灯光骤然熄灭，前一刻雷鸣般的掌声连个余音都不留，繁华瞬间跌落在舞台的纵深，一切都烟消云散。

我更喜欢看公共场所的人间剧场，没有烘云托月，没有气冲霄汉，却有着最质朴最真实的生命律动。

比起高级餐厅和咖啡馆，我更喜欢去小吃店看。去咖啡馆一般是谈生意，到高级餐厅往往是约会。那里的女人脂粉太浓，男人戴的面具太重，服装都很漂亮，台词都冠冕堂皇，只是表演的痕迹太重。

来小吃店的人不需要表演。要么只身一人：出租车司机、外卖小哥、房产中介，要么是老夫老妻，一家三口……

我来到一家清真餐馆，坐下来点了一碗牛肉汤。透过正对面的玻璃窗看到掌勺的厨师，帽子戴得高高的，那姿态是在表明"你吃什么由我说了算"。鼓风机浩浩荡荡地奏着背景音乐，玻璃上的热气也渲染得有质有量，他在属于自己的舞台上挥洒自如，庖丁解牛，游刃有余。

邻桌有个满脸痘痘的男学生，架着高度眼镜，永远不抬起头，仿佛是自己亏欠了这个世界什么。他很用功，等饭的工夫还要拿出习题卷子，也是把自己的大好前途全都压在了卷子上面。

再隔桌有个酒糟鼻的爷爷带着小孙女，爱怜的眼神诉说着孙女是世界上最美的公主，虽然她时不时要撒泼，也有长出酒糟鼻的趋势。

还有一对穿着睡衣来吃饭的小情侣，男孩子给女孩子夹菜，女孩子娇嗔地说："不吃了，再吃都胖死了。"

男孩子撇了撇嘴："好不容易把你养胖了，不许减肥。"这话听起来像喝了一口汽水，咕嘟咕嘟甜得冒泡。

走出餐厅，艳阳已高照，看到路旁的长椅上熟睡着一个男子，衣冠很整，不像是流浪汉。是宿醉后在这儿睡了一夜，还是犯了错被女人扫地出门？

或许他只是活得太压抑，想与日月同呼吸。

阳光给他盖了一层暖融融的被子，车水马龙的嘈杂丝毫没有惊扰到他。这一刻他脱离了所有的人物角色，在他的人生戏剧里，是意味深长的静场。

生活很少让人濒临深渊，也难得笑到人仰马翻，大多是小确幸或小窃喜。没有血雨腥风，只有钝刀割肉般磨人的、悠长的烦扰。

伟大的戏剧家契诃夫说："在生活里，人们并不是每时每刻都在开枪自杀、悬梁自尽、谈情说爱，也不是每时每刻都在说聪明话，人们更多的是在吃、喝、追逐、说蠢话。这些也是应当在舞台上有所表现的。"

每天一睁眼，一旦发生人物关系就进入表演。

时间是个导演，用命运的剧本推着地球上几十亿人在行走中表演，从无彩排，永远即兴；每一场戏都一条过，无法重演。人生也充满了不经意的遇见，无常的到来从没有一丝铺垫，处处都是悬念。

人生百年，不过倏忽间，我们只能认真地哭，认真地笑，认真地面对纷纷扰扰。无论是大刀阔斧还是小刀篆刻，无论是登峰造极还是一马平川，都要有深情灌满；无论是舞台还是生活，都不能让每一秒随随便便发生，糊里糊涂地不知去向。

全情的投入是对脆弱的生命最重的褒奖，是对一去不复返的时间最深沉的祭奠。

一睁眼，一闭眼，就是一天。

哭一阵，笑一阵，半辈子过去了。

一生，一死，一生一世……

陈芝麻、烂谷子，柴米油盐，苦辣酸甜，家长里短，斤斤计较，吵闹与欢笑，侥幸与煎熬，卑微与崇高，都在这寻常巷陌中繁衍。

烟 火 巷 子

雨后的黄昏，云霞漫天，大地被蒸腾得热烘烘。

这是一天中最萎靡不振的时刻，街上的行人拖泥带水，头像一个个熟透的苹果，重得只想往下坠。

西安老城区，走了一千年的繁华，早就疲惫了，如今已是一个落魄的贵族，颤颤巍巍地维持着昔日的尊严。时装店里灯火通明，却门庭冷落，门前喇叭的用力嘶喊，不是向路人，而是向苍天。

纵使古城墙屹立不倒，讴歌着荡气回肠的千古绝唱，这一带的市井早已成了平铺直叙的低俗小说。那些细碎的快乐与痛苦，都是具体到神经末梢，搜肠刮肚，掏心窝子的。

路过一个杂货店，飘来调料的味道，五香粉、花椒面、酱菜……五味杂陈，混出人生的复杂滋味。

　　脚下一不留神，踩到一块活动的地砖，溅了一裤腿泥水，路边卖糖炒板栗的冲着我笑了，露出一口杂乱无章的牙齿。那一锅油亮的板栗，在粗粝的石子上翻来炒去，也开着口笑了。突然发现他并不是在笑我，而是自己一直在笑，大概生意人身上都有一种稳妥的满足。

　　这时一个胖胖的中年妇女走了过来，穿着大花裙子，全身都在怒放。她的头发，烫成千百个小螺丝，像顶了一头方便面。中年妇女牵着的那只贵宾狗也是满头卷，表情和主人一模一样。她二话没说，伸手捏过一颗刚出锅的板栗，直接扔进了嘴里。一口咬下去，面目狰狞，原来是板栗没开口，在她嘴里爆炸了，这会子疼得她捂着嘴也不是，张开嘴也不是，连哭的力气都没了，只能牵着她的狗往回走。

　　狗摇着尾巴跟在后面，吐着舌头，丝毫感受不到主人的疼痛，卖板栗的依然张着嘴在笑。

　　转过城墙拐角，一阵浓郁的烟熏味扑面而来，夜市已经出摊了。放眼望去，烤肉、卤菜、馄饨、蛋饼……热气腾腾，应有尽有。

地摊老板的脸各有特征，像南瓜、像茄子、像土豆，活生生的一个菜园子。见到这份景象，来来往往吃地摊的人疲惫顿消，食欲把全身的能量都调动了起来，双眼泛着光，饥渴得像一群猫。

我找了一个炒面摊坐下。老板一边掌着炒瓢，一边热情地招呼客人，他脖子上搭着毛巾，圆滚滚的脑袋油光锃亮。

炒面的动作炉火纯青，盖在面上的鸡蛋像个太阳，一盘面里装着一个太阳，一盘一盘炒出的幸福，托起他的整个世界，妥妥的。

旁边坐着一对正在等餐的母女，女儿不小心把饮料洒了一桌子，吓得低着头。母亲暴怒，劈头盖脸地指责她："就知道胡拧次，好好的饮料也能洒，你给我把它舔干净！"这表情这语言恶毒的程度，真让人怀疑不是亲妈。

女人一边拿纸擦桌子，一边继续数落："一家子都是这样，吃个饭洒得满桌子满地都是，真是倒了八辈子霉了，嫁到你们家。"

饮料顺着桌子边缘，一滴一滴往下流，流着这个女人一辈子的怨气。

孩子脖子紧缩着，浑身都起了皱，感觉还没长大，就已经老了。

炒面端上桌了，女儿小心翼翼地拿着筷子，一根面一根面地挑起来吃。母亲却吃得轰轰烈烈，把刚才一肚子的气全发泄在了吃上。猛吃一阵子后，五官也平整了，这才把自己碗里的菜夹给女儿一筷子，看来刚才那么大的火气是因为饿了。

过了一会儿又开始挑刺："给你说了多少遍，吃饭不要吧唧嘴，你们一家子都这样。"估计这会儿是吃饱撑着，没事干了。

等唠叨累了，开始歪着头想她的心事，枯黄的脸往地下十八层吊着，眼睛里的愁怨按下葫芦浮起瓢，那该是多么坚硬的生活，才能把一张脸刻画得如此悲惨，一张密密麻麻地写着各种痛苦的脸。

地面上明明还喷着热气，可让人觉得周遭冰冷得彻骨。

旁边坐着一桌大老爷儿们，一杯一杯干着啤酒，无休止地吹牛，说话的神情一个比一个了不起。

开酒瓶的动静，每一声都像礼炮，不知道是庆祝着什么，也许只是为了庆祝多活了一天。

人们带着窃喜的表情，用浓重的调味料搅拌着生活的苦涩，这油汪汪、香腻腻的味道模糊了眼睛，遮住了耳朵，昏聩了头脑，蒙蔽了心，现实在升腾，理想不知所终。

时间在这里失去了刻度，混成了一团，男女老幼乐此不疲地拥挤在一起。在众目睽睽下，没了自己，只是你挨着我，我挨着你，吃着、喝着、笑着、戳着是非……吃饱喝足后，精神委顿了，眼皮耷拉下来，身子像泄了气的皮球，于是回家洗洗睡。

这便是普罗大众最引以为豪的烟火气，而我的眼前只是一团迷雾，呛得快要流泪了。

陈芝麻、烂谷子，柴米油盐，苦辣酸甜，家长里短，斤斤计较，吵闹与欢笑，侥幸与煎熬，卑微与崇高，都在这寻常巷陌中繁衍。

人间烟火孜孜不倦地讴歌着平凡的日子，人们纵然有万般无奈，也还是这样吃饱了睡，日复一日、年复一年。

走到夜市的尽头，人烟渐淡，头顶露出一片赫赫的天，城墙拐角的老槐树，身影在暮色中格外苍劲。

穿过城门洞，像穿过了时空隧道。一个卖冰糖梨的老汉，戴着一顶白帽子，虽是山峰一样的五官和刀刻一般的皱纹，眼光却透着温良的笑意。

我停下脚步，买了一碗冰糖梨。老汉看看我，笑着问道："知不知道这冰糖梨在《红楼梦》里叫疗妒汤？"

我当然烂熟于心。《红楼梦》第八十回王道士给宝玉开的药方："一剂不效，吃十剂；今日不效，明日再吃；今年不效，明年再吃。横竖这三味药都是润肺开胃不伤人的，甜丝丝的，又止咳嗽，又好吃。吃过一百岁，人横竖是要死的，死了还妒什么？那时就见效了。"

这个晚上，在这碗冰糖梨中，我终于尝到一丝清凉，在老汉爽朗的笑声里，品到了一丝超脱的意味。

人间应当多一点清醒。

云游

轻舟已过万重山

这一瞬间的感动，能占尽我一世的风华；无思、无念、无碍，数十年的尘劳都有了慰藉，半生的冰霜都融化为春水。

与敦煌同醉过，总算没白活！

敦　煌　之　光

全世界最喜欢哪个地方？如果要我选，我会毫不犹豫地回答：敦煌！

如果要问，你想起哪个名字会热泪盈眶？我唯一的答案还是：敦煌！

"敦"的意思为广阔、博大，"煌"者，光明，敦煌的另一个名字可以叫作——大光明。除了大和光明，整个敦煌似乎空无一物，却涵盖了所有。这里没有亭台楼阁、绿水青山，没有海棠铺绣、梨花飘雪，敦煌的色彩干净到极致，只有湛蓝的天空下，一览无余的金光闪闪；线条纯粹到极致，只有茫茫的戈壁铺展，漫漫的沙漠绵延。

孤零零的烽燧，在荒天迥地间，用无声的独白感动着古往今来的天涯过客。那独白里，是戍边将士和边塞诗人，怀念着长安的楼台宫阙、三月桃花；在长风浩荡的大漠里，在无边无际的苍穹下，守着长夜的更漏，独吟着"月明羌笛戍楼间"，泪洒在"葡萄美酒夜光杯"，慨叹着"春风不度玉门关"……

鸣沙山，像一个趴着睡的婴儿，幼滑的皮肤上一丝不挂，也像一个饱经风霜的老者，慈眉善目地笑纳一切，更像一个得道高人，孤朗朗、赤裸裸，面对这千年不散场的宴席，冷眼旁观。

敦煌的大，让我打开意识里的一切藩篱和局限，它的光明，照进我内心幽闭的角角落落。心跳和鸣着它辽远高亢的节奏，我底气十足地走在坚实的地面上，身体和灵魂仿佛都挺拔了十分。不需要寻寻觅觅，脚迈到任何一处心都能安住，停靠到任何一方都是归宿。低头看沙石缝隙里蹦出的野花，它就在那里，自顾自绽放，不需要人夸；抬眼再一望，孤鸿划过空白的天，不留笔迹，也写成了诗篇。

如果把敦煌比拟成人，那应是个极品的人，外表光明磊落、坦坦荡荡，内在五彩斑斓、富足圆满。这座千年古城，是把人类文明的水分拧干，把恢宏的历史凝固，铸成中国文化的藏宝库。丝绸，换回了黄金万两，也在这丝路的重镇，千凿万刻出了莫高窟，那是敦煌富丽的内心世界，更是中国人灵魂的造型。

生死未卜的商旅、流离失所的难民，他们脚踏黄沙，望断天涯，"无常、苦、空"在这荒漠之地彻底地呈现。唯一的精神寄托，便是这一钉一锤凿出来的净土，里面没有兵荒马乱，没有疾病与饥饿，只有舍身饲虎的摩诃萨陀、慈眼视众生的水月观音。一座座庄严肃穆的造像，一幅幅花雨满天的经变图，构建了一个华盖天宝的极乐世界。上下四方是"宇"，古往今来是"宙"，莫高窟的一个洞穴，就画着整个宇宙。

最震颤人心的，当然是壁画中音乐舞蹈的盛景，衣袂飘飘的伎乐飞天，仿佛能从壁画上一跃而下，这是上千年前的舞者？是极乐世界的天女？抑或是画工的妙手偶得？无从知晓。只知道她们感动着历朝历代的过客，飞进过无数人的梦境。时间的沙砾在她们身上留下一道道伤痕，这些瑰宝却在千年的暗室里放着万丈光芒，置身其中，我也仿佛身如琉璃，内外明澈，放弃一切外在的追逐，彻彻底底回归到生命的本来面目。

有多少缺失，就有多少来补足；有多少困苦，就有多少求度；有多苍凉，就有多辉煌；有多迷茫，就有多坚定的方向。这便是——信仰！

晚间，我独自走上摘星阁，整颗心还沉浸在流光溢彩的壁画里，能听见天音不鼓自鸣，能看见反弹琵琶神韵飞扬。忽觉穿得有些凉薄，于是开了一瓶酒，敦煌能满足我平生所有审美取向和精神追求，身在这片大地，怎能不畅饮一场？

酒逢敦煌，一杯一杯复一杯，心里的花全都开了。千年的风裹着古老的文明，让我全喝到了肚子里；露台上满天的星斗，一颗一颗掉进了我的酒杯里，一饮而尽……

酒过七分时，抬头恍惚看见一颗流星陨落，正激动不已，定了定神发现是台无人机，心又掉了下来，原来是旁边的夫妇带着几个孩子在操作。我借着酒劲脱口而出："一闪一闪亮晶晶，不要让无人机毁坏这么美的星空。"说完和他们有了些口角的争执，具体的言语我都忘了，只记得孩子们被带回了房间，我又和那对夫妇喝起了酒，一阵醉一阵醒的，最后定格在我们三人碰杯的瞬间，念着我即兴胡乱作的《酒赋》：

一摇搅入滚滚星河，

一杯下肚万古愁落。

一醉心头五湖恩怨消，

一醒九州皆是宾客。

两情相悦尽在杯中，

三五知己用酒把义气勾勒。

四海为家全凭一首祝酒歌，

九九八十一难后，

要喝九十九杯酒，

醉就醉了……

如果没有酒，春红秋黄都失了色，

如果没有酒，青山一夜白了头。

如果没有酒，长空阻碍白云飞，

如果没有酒，大江不甘孜孜向东流。

如果没有酒，男儿胸膛怎样发热？

如果没有酒，女儿心事该向谁诉说？

真的欢乐掩饰不住，

能说出的不是真的苦。

没有酒香的不是真江湖。

有酒的国度，想笑就笑，想哭就哭。

…………

也只有在敦煌这样辽远无极的地方，在没有任何壁垒的露台上，打破了时间和空间，挣脱了一切的束缚，才能写出这样百无禁忌的文字，才能如此敞开心扉，和陌生人一醉方休。

这一醉，把我和这个世界所有的缝隙，都弥合了。

第二天一早，残酒未消，意识飘忽中又坐到了露台上。太阳光层层递进，从我的脚跟追到了肩膀，那是极端细腻的恩宠，暖到了骨髓里、心窝子里，重重发酵，酿成了琼浆玉液，和昨夜的酒接上了头，如痴、如梦、如幻……这一瞬间的感动，能占尽我一世的风华；无思、无念、无碍，数十年的尘劳都有了慰藉，半生的冰霜都融化为春水。

与敦煌同醉过，总算没白活！

有多少爱情破产的人来寻求精神靠山，就有多少心事飘在拉萨的天空，长风掠过，抽丝剥茧。布达拉宫的钟敲到心头，声声都是情人的哀叹；雅鲁藏布江流的不是水，是情人的泪；喜马拉雅山上挂的不是经幡，那是绵绵无尽的思念……

要放下该有多难……

走 进 西 藏

此去西藏，美其名曰给新剧本采风，其实是一次逃离。

我不喜欢过年，不喜欢那些俗气的、不走心的快乐。中国人的团圆总是离不开吃，除夕到十五一路吃下去，肚子撑得一点余地都没有。除此之外，就是凑在一起打麻将、看电视、嗑瓜子、谝家长里短……最后像烟花炮竹一样一欢而散。

契机之下，大年初一我独自来到拉萨，打算过一个清爽的年。下飞机后，安顿了饮食起居，约好了南行的车，直奔大昭寺。

大昭寺门前磕长头的朝拜者，排山倒海涌现。他们旁若无人地一步一拜，游客从中穿行，都成了隐形人。男女老少按照各自的节奏行进、大拜，比任何台上的群舞都震撼；他们的装束比巴黎时装周还触目，身上套着编织袋、塑料袋，甚至还有铁皮罩子……黄的、绿的、棕的、红蓝相间的、透明的……

他们目光坚定，朝着一个方向五体投地，像是历史天空中列队翱翔的鸟，生命长河里结伴游行的鱼。手板敲地声打着日月更迭的节拍，被磨得发亮的青砖像一块块黑宝石，光鉴山川。

一个七八岁的小女孩，顶着一头彩色的辫子，也在朝拜的队伍里，姿态更像排着队做游戏。她收起路人的目光，回应着无邪的笑容，一双眼睛闪烁着世界上最纯净的光芒。

转角间遇见了咖啡馆"玛吉阿米"，仓央嘉措和月亮少女曾经约会的地方。

仓央嘉措的粉丝，都是些水晶心肝玻璃人，敏感的、易碎的。来西藏多少都背着情债、带着情伤，翻山越岭供一盏佛前灯，都是为了圆一个"不负如来不负卿"的梦。

有多少爱情破产的人来寻求精神靠山，就有多少心事飘在拉萨的天空，长风掠过，抽丝剥茧。布达拉宫的钟敲到心头，声声都是情人的哀叹；雅鲁藏布江流的不是水，是情人的泪；喜马拉雅山上挂的不是经幡，那是绵绵无尽的思念……

要放下该有多难……

第二天启程，转山转水转佛塔。头脑很笨重，身体像个气球一样膨胀，只能吃力地呼吸，缓缓地行走。难怪人在这里动不起太多的欲念，缺氧是很重要的原因。

阳光普照下，一切都很光明。

牦牛四平八稳地伫立在山坡上，纹丝不动，我还以为它是个标本。走近仔细看了一分钟才发现它眼皮眨了眨，原来在西藏连牛也能入定。人在这里仿佛离天更近了一步，和雄鹰在一个高度，眼前的白云，是抓一把可以放在嘴里的棉花糖。

带着高反的痛苦朝山，像是负重训练，艰难却满血，带着一种对自我的嘉许，一路马蹄声声，都在鼓掌。

途中遇见步履蹒跚的藏族老奶奶，整个身子往下沉，脚下承重的都是人间疾苦，手里的转经筒一圈复一圈，丈量着轮回路上的山高水长。那些弯曲如弓的背影，好似驮着一个个巨大的问号，灵魂饥饿地咕咕叫，他们渴望追问生命的意义，却被现实的秤砣坠着，抬不起脚，雄鹰在湛蓝的天空盘旋，俯瞰人间，一声叫嚣仿佛给了答案。

　　日托寺在湖心岛上，有希腊爱琴海的风光。零下十几摄氏度的天，寒风割着皮肤，愿意上去的人很少。我独自在山巅远望着碧水蓝天，日光给身体镀着金，内心的暖流通向天际。

　　没踏上云端的人，怎能把浮云看穿？

　　三天两夜几千里地辗转，一路拜到了财神寺，那天又恰逢财神节，亲临现场才知道什么叫人潮汹涌。游客挤破了头，供灯、供酒、给佛的脸上贴金……牧民用干裂的双手捧起破旧的零钱，顶礼膜拜。

　　钱，兵不血刃，俘虏了多少劳苦百姓，又收编了多少英雄好汉？

　　满大殿泛滥着渴求的目光，一声磬响，僧人们唱起了梵呗，我双眼模糊了，一盏盏酥油灯，晕染成一片火光，泪水涌入这海潮般的大悲咒中。

从寺院往下走的坡路结满了冰，我扶着墙战战兢兢，一头冷汗，还没迈步，心已经开始打滑，吓得身体动弹不得。忽闻一阵明朗的笑声从身后传来，还没来得及回头看，一个留着长辫子，穿着牛仔裤、雪地靴的藏族女子，一路蹦蹦跳跳地从坡上滑下去，一阵风吹过一样，不见踪影。

多羡慕她，可是我怕。

自由，也许就是这撒手的一刹那。

所有来过西藏的人，刚到的时候都说再也不想来了。高原反应让你连呼吸都觉得痛，干裂的冷风，脏与冷的住处，难堪的厕所，难忍的气味……碾碎了我们依赖的精致生活，可在临走时，却都说一定还会来。

"我有明珠一颗，久被尘劳关锁"，但凡来了西藏，内心那颗明珠多少都会泛出光芒。

佛陀灵山会上拈花微笑，菩提树下夜睹明星大彻大悟，达摩祖师一苇渡江，莲花生大士翻山越岭，都只为度众生过苦海。历代多少修行人，悟道的凤毛麟角，只留下成群结队的断肠人在天涯……

多数人走进西藏，不过是求财、求爱、求健康，求一生安稳，求越来越好。

我来的时候并不知道自己想求什么，但离开时我很确定，只有一样是我想要的，那就是——别无所求。

回程路过拉萨河，车窗外河水宽广，滔滔流淌。一只白鹭单腿独立在岸边，好似苦海中自度的一叶帆。

这里的每一个生命都按照自己的轨迹生长，老树上的青苔虽是极度渺小的存在，放大看每一个颗粒都在绽放；哪怕一枝干枯的树枝，依然有着通天通地的势态，死而不朽；满地无名的野草虽只一秋，也不愧此生地活着，于千万种生命间，自顾自风流。

溪 山 行 旅

三春的浮花幻蕊都落了，缱绻的柳絮、恼人的蒲公英终于安歇，一颗躁动不安的心，随着荼蘼的败落，也累了。

在人堆里磕碰，在关系中纠缠，乱哄哄后，只剩下无力感和孤独感。好想找一个靠山，却没有一个人真正能给予支持，哪怕是一根手指。

一念间，决定奔赴溪山。溪山位于耀州地界，是千古第一名画《溪山行旅图》的诞生地，但愿在那里能找到我的精神靠山。

车行驶在山谷，一条无限延伸的绿色通道，像是一辈子也走不完。嫩绿、翠绿、青绿、墨绿……很多层次的绿，铺陈在眼前，整个人都被染绿了。

一颗被胡乱涂抹的心融入生命最原始的色彩，所有的责难和不满，都消解在这一片宽宏大量的绿色中。

安顿在溪山逸居酒店，房间的阳台正对着一脉青山，不雄起，不峻峭，没有棱角，只有全然的阔朗和坦诚，俨然范宽画中的浑圆敦厚，像一个最忠厚的朋友和你面对面坐着，俗世中缺失的一切他都能给你，要什么有什么，依靠、保护、滋养，当然还有蓬勃的生命力。

走入它的心肠腹地，便有了一次推心置腹的交谈。

山木的每一片叶子都在向我招手，每一只蝴蝶都在对我微笑，清泉漱石在对我鼓瑟吹笙，纯然的木本真香氤氲氲氲。

这里的每一个生命都按照自己的轨迹生长，老树上的青苔虽是极度渺小的存在，放大看每一个颗粒都在绽放；哪怕一枝干枯的树枝，依然有着通天通地的势态，死而不朽；满地无名的野草虽只一秋，也不愧此生地活着，于千万种生命间，自顾自风流。

溪山给予我的是元气淋漓的感动，原始野生的力量，无所忌惮，无限向上。

迎面走来一位老者，衣衫褴褛，须发横飞，很像古时的樵夫。

我想，在山间小路上遇见的这般人士，往往是深藏不露的得道高人，说不定能听到他的一两句点拨，然后悟出点什么。

我刻意慢下脚步，暗中观察。只见他走向一处空地，卸下行囊，面对着远山驻足了许久，遥遥地对我说，更像是自言自语："范宽在当时可能就是个樵夫。"

这不是高人是什么？我在惊奇中挪了挪脚步，向他靠拢。

"他也不是不留名，只是那时候画画的根本就没有地位。"他慢条斯理地说，"范宽一定没想到，自己画的这片山会被后世顶礼膜拜，他也许只是为换五斗米，画了幅画而已。"

说着，他从地上的包里拿出几样画画的工具，打理好笔墨纸张，开始行笔，原来这是一位来写生的画家。

他说话时的眼神中有一种超脱，画画时层次却颇为丰富，既整体又微观，既狂放又细腻，既坚定又自然。

先生一落笔便知出手不凡，近水远山、苔痕树影、静石行云，都在他的笔墨下挥洒自如。

他画完关键的一笔，长舒一口气，向后撸了撸头发，对我说："艺术就怕媚俗，一旦犯了俗病就无药可医，当今很多人已经病入膏肓了。"我咀嚼着这句话的意味，眼睛徘徊在山与画之间，心随之悠游。

单单一张纸，寥寥数笔便隔绝了世态炎凉，虽是草稿之作，自有恢宏之气。只此方寸，汇入无边苍穹。

这山、那山、范宽的山、心中的山，古今一脉，无二无别。

《溪山行旅图》和《雪景寒林图》虽是传世珍宝，史上对范宽的记载却并不多。大体是说：他人如其名，像耀州的山一样宽厚；不争仕途，不拘世故，早早就远隔尘寰，终日坐在山的对面，手里握着一支笔、腰间挂着一壶酒……

这几日我和这座山面对面，也体会到了一点什么叫"外师造化，中得心源"。青山不老绿水长流，云霭烟霞胜过世间所有，人生大事都在眼前。

晴空里幽鸟相逐，白云悠悠流转，青山更显出它的坐怀不乱，它只是在那里，静静地观看；下雨了，天空我歌我泣地诉说，一肚子心事啰啰唆唆吐不完，它只是在那里，静静地倾听；雨过后，烟岚萦绕，用最轻柔的抚摸，书写着前世今生的追忆，深情而不纠缠，它也只是在那里，静静地觉受。

无论阴晴圆缺，山总是在我的对面，矢志不渝地默默陪伴。

有一天晚上，夜空清朗，我拿出耀州窑产的青瓷酒杯，倒了点威士忌坐到阳台上，杯子温润朴拙，上面画着宛若天成的落花流水纹。

刚在杯沿上抿了一口，忽地一抬眼，发现对面山体的暗影上泛出几缕神秘的光，微弱但隽永。我被惊呆了，难道山上有阿里巴巴的宝藏？

缓过神来细思量，那是对面的当空皓月，映在山石上泛出的道道银光。

仅此微光，朗照乾坤。

山的身躯该有多平滑干净，才能映射出如此景象？真希望自己也这样平静，也能让月光披洒在我的身上。

只听过"月映千川"，没听过"月映千峰"。今晚的奇遇，是古今中外的诗篇里都没描绘过的场景。那是从远古而来，照进我灵魂深处的光，是造化对我的恩宠。

瞬间，我从漂泊的瀚海停泊上岸，整个世界都是我的靠山。

灯下，又翻开范宽的画册，再看一眼《溪山行旅图》，这无数后人临摹，却无法超越的旷世杰作。浑然一体的构图，每一方水、每一片叶子都自然而然地生成，笔锋流转间没有丝毫造作。该是怎样超越的性灵，才能构建出如此这般的意境？"天地与我并生，而万物与我为一。"

无风的夜晚，万籁俱寂。唯有夜莺唱着催眠曲，婉转的旋律再三再三，让人安然枕在青山的臂弯，沉沉睡去。

我怀揣着那颗被溪山治愈过的心，踏上了回城的路，雨水把高速公路冲刷得很干净。谁知好景不长，走着走着就打回了原形。

才走了一段，就遇见了修路。右侧隔出的路面上有好些伤口，那是挖掘机在给地面动手术。

又走了一段，飞驰过好几辆大货车，轮子上开着一朵朵银色的水花，上面是一车一车的猪，它们并不知道自己是赶着去送死。

还有那一车一车拉着不知是什么的，奋力地往前冲，用此刻的拼命奔赴向远在天边、遥不可及的未来。

置身于这荒天迥地间，时间都冻结成冰，被催逼到极处，无可依附的时候，反而生出了超越的、大而无畏的力量，与天地同在。

故宫　长城

在烈日的炙烤下，整个紫禁城像一个塑料玩具房子，散发出脆弱的味道。黄色的琉璃瓦被晒蔫了，朱红色的墙像一片风干的血迹，那是一种走下坡路的红和黄，是打了很多折扣、无可奈何的颜色。

骄阳如火，把人潮烧得像滚水一样沸腾，一波未平一波又起。游客们一边啪啪地拍照，一边不堪身心焦灼，匆匆忙忙而来，精疲力竭着离开。

从一个个大殿穿过，身上骤然冷下来，前朝的辉煌都化成一阵腐朽的味道，和外面的热浪形成鲜明的对比，有着前世今生的隔阂。

我不喜欢清代的器物，尤其是服饰，浑身的"钩心斗角"，密集的、堆砌的、重重叠叠，什么都有了，唯独不见了人，像一个个行走的衣裳，里面只剩下一缕魂在飘着。那荒唐闪烁的颜色，让人有扒光的欲望，不是因为性，而是想看看这一层一层之下，什么才是真正面目。相比之下，汉代服饰显得坦荡轻盈，渗透着中国人骨子里返璞归真的文化基因。

八国联军一声炮响，只剩下一座华丽而悲哀的紫禁城，如今是一个黄瓦红墙的空壳子。再多的稀世珍宝，都成了游客的唏嘘对象。

大殿前的燕子飞舞绕梁，乌鸦仰天啼鸣，皇帝当然想不到，这所有的雕梁画栋、金粉琉璃、绿柳高墙，都是留给燕子和乌鸦住的。还有那些不朽的松柏，枝叶被很多根立柱支撑着，延伸到远方。它们横行古今，冷眼旁观了多少兴废荣辱、世事无常，占尽了前朝后代的雄风。原来当年大殿前无数的跪拜，多少句"万岁万万岁"都是喊给这些松柏听的。

恍恍惚惚走出紫禁城，像是刚翻完一篇烦冗的八股文，又打开了一篇怎么读也读不完的流水账。数不清的高楼大厦密密麻麻，拥堵的马路怎么走也走不到头。每次来京城，都会遇见飘不尽的杨絮、刮不完的风沙。

京腔也是弯弯绕绕兜兜转转，一开口就是大段的演说，好不容易到结束语了，又补充一句"话又说回来了"，听的人只能叹口气，任由耳根子酸软下去。

这个城市大到不可思议，人们倾慕它，对它投怀送抱，他们日复一日地爬行在二环、三环、四环上，像一个个微生物在城市的肠胃里蠕动。每次堵在北京的道路上都有一种深深的淹没感和挫败感，人在大城市中漂泊无依，如同这天上飘零的杨花……

有一次来北京出差，很不顺畅，遇见的人也少有共鸣，总觉得偌大的城市却无我的立锥之地，在极端低落的心情下，在数九寒天中，登了一次八达岭长城。

零下十几摄氏度的气温，周遭一片寂寂的荒寒，能清晰地看到长城的骨头，这不老的脊梁卧在八达岭上，青云依偎在身旁，一起喘息着几千年绵绵不尽的苍茫。

来自塞北的寒风割着脸颊，前后左右攻击着我的身躯，让我无处藏身。抓着城墙的手，冻得比这古老的石头还僵硬。

置身于这荒天迥地间，时间都冻结成冰，被催逼到极处、无可依附的时候，反而生出了超越的、大而无畏的力量，与天地同在。那是剥掉了层层外衣，勇敢站立起来的真我。

当你一无所有的时候，便有了全世界。

那一刻，清朗的天空上一轮白日，像磨亮的古镜，照破山河，那是历史的赤身裸体，生命的本来面目。

应扣了慧照禅师的偈子："孤轮独照江山静，自笑一声天地惊。"

从南京到杭州，几个小时横跨两座千年帝都，揉碎了时空。中间夹着一个沪上，一百年前的十里洋场，更是中国近代最华丽最感伤的梦。江南于我，充满了浪漫主义的想象。

我 爱 江 南

旅途的首选一定是高铁，踏实、稳定、迅捷，像坐上了一条游龙在山河大地穿行，与造化一同流动。

沿途风光像一部天地大电影，白云和青山此起彼伏，有人生路漫漫的漂泊感。到了江南一带，车窗外的山水画卷，便一帧一帧在眼前展开。从南京到杭州，几个小时横跨两座千年帝都，揉碎了时空。中间夹着一个沪上，一百年前的十里洋场，更是中国近代最华丽最感伤的梦。江南于我，充满了浪漫主义的想象。

上一站是南京，我更愿意称之为"金陵"，是我最喜欢的城市之一，这座古城兼容了王朝礼乐和市井小调，历史的恢宏和当代的繁荣。金陵人也同时具备北方的豪迈和南方的细腻，说起话来幽默大方，有些语言传神到骨子里，那句口头禅"我的个乖乖，搞得不得了了"，听得人血流加快，毛孔都打开了。我对金陵的印象，大多来源于《红楼梦》。金陵十二钗的风华绝代，挥金如土的贵族家庭，大观园中极致的造景，风月花鸟、亭台楼阁，缠绵悱恻的儿女情长，声声入耳的诗词歌赋，人生的由迷到悟，都在一部荡悠悠的人间大书中，书中所有的背景和人物原型都来自曹公的故里——金陵。

正畅想得云水激荡，同车厢几个人的高谈阔论把我拉回了现实。他们一个个眉飞色舞，看样子都牛得不行，似乎要风得风，要雨得雨，风是十二级的大风，雨是倾盆大雨。内容我实在不感兴趣，没仔细听，大概谈的都是几十个亿的大项目。他们在这个世间似乎该有的都有了，其中一个浑身圆滚滚的男人无所忌惮地接起电话，声音大到我躲也躲不过。"还有二十分钟就到上海了……买呀，贵也买……咱别的没有，只有金山银山……"口气大得不得了，说话时一只手向天挥舞着，仿佛可以摘星换斗。他挂断电话又打了另一个电话，对方大概是某奢侈品专卖店，什么买十万配十万的货，言语间处处都是满不在乎，是个对奢侈品熟门熟路的有钱人。

上海到了，下站的人很多，送故迎新，又上来一批新乘客。

我眼中的上海，永远是张爱玲笔下的影像。她的小说和散文以三十年代的上海为背景，对一个个小人物的塑造细致到头发丝里。她写尽了人性的幽微，洞穿了人世的荒乱无章，二十多年来一直是我文学创作的标杆，早年我称自己是"爱玲迷"，现在我更愿意叫她"祖师奶奶"。

记得初次到上海，我寻梦般踏着张爱玲的足迹，经过百乐门舞厅、老凤祥金店，在静安寺旁，找到了张爱玲故居常德公寓，原名"爱丁堡公寓"，她曾住在这座洋楼的顶层。怀揣着能上去凭吊的期望，我怯怯地问了门卫大爷："您好，能不能参观张爱玲的故居？"大爷正眼都没看我一下，摆摆手："没有了，什么都没有了。"我热忱的心一下沉到了海底，只能丧气地离开了。

那天独自在上海的街头走着，漫无目的，在人潮中穿过，深秋的风打疼了我的脸，在细雨蒙蒙中泪水充盈，哭得不知所以然，哭给自己看。

一番回忆涌在心头，眼睛模糊了。我旁边的座位来了一位小个子男人，周身装扮精致，眉头紧锁着，用消毒湿巾把整个座位擦了个遍，又擦了自己的手和手机，刚坐下身就开始拨打电话，电话拨通后，便立即切换成笑脸。离得如此之近，我不想听也得听了。

"你好，上次我给您介绍的那套成功学课程，是我们新升级的版本，它对于您在这个阶段的发展是很实用的，我上一个客户学习完之后，当年的业绩从百万直接奔向了千万，上上一个客户也是听了课立马突破了瓶颈期，业绩直线上涨……人人都想成功，可是没有方法不行的，我们就能给您铺一条成功的捷径……什么？你不想成功……"对方似乎已经挂断了电话，小个子男人看了看手机屏幕，从牙缝里蹦出几个字："不成功就等着死吧！"他喘了喘气，吞咽了一下口水，又拨出另一通电话，完全重复着刚才的套路，就这样循环往复……

听得我腰酸背痛，很努力地想越过他的声音，融入窗外的风景，可使尽浑身的解数也于事无补，在他喋喋不休的电话推销里，我垂下了头。

几次三番后，他终于松懈下来，只剩下疲惫的姿态和绝望的神情。天空飘起了雨，这时隔着湿窗，一横远山，一湾瘦水，星星点点的村舍，有水墨画的晕染之感。

刚要耽溺于这诗情画意的江南，旁边的男人又刷起了小视频，声音大得旁若无人。"这款腰带每一条上面都镶嵌着十八个钱币，我们叫它腰缠万贯……"小视频推荐的广告，我叹了口气，网络上出现什么东西都不足为奇。

火车这时钻过山洞，没信号了，耳根子终于清净，可是在几度被"洗脑"后，感觉像是钻进了钱眼儿，水面上漂着碎银子，树上结着金叶子，天上下的是珍珠雨，风里飘的全是人民币。车窗外闪现过一栋一栋精致的小别墅，外墙贴着各色靓丽的瓷砖，尖顶直挺挺的，高耸入云，像是昭示着天上有人，一家高过一家，一家比一家缤纷。然而，如果没有精神的超越，这就是一座座由钱堆砌成的监狱。

自古都是"天下熙熙，皆为利来；天下攘攘，皆为利往"。赚了钱就鼻孔朝天，不赚钱会被看扁，太多人张口闭口就是金山银山，精神却匮乏成破铜烂铁。这些话也许带着傲慢与偏见，却如实说出了我遇见的一面。

杭州就要到了，车上又有了信号，"腰缠万贯"的广告继续播放，一瞬间我像是被锁住了咽喉，无语。只能默默地想象着柳永笔下"三秋桂子，十里荷花"的杭州，心里头念着那句"山外青山楼外楼，西湖歌舞几时休"！

　　无论如何，我都爱着江南。

他是笑着的，西装没打皱，我却看到了一身的疤疤。撒的更像是纸钱，像六月雪，他笑着笑着，就哭了……

高速路旁的白杨树直挺挺地向上长着，恨不得够到天，不是为了比个子，是为了脱离那些盘根错节。

十 月 的 风

"国庆大军"的车辆浩浩荡荡地行驶在高速公路上。小长假最后一天，貌似目的地很明确，却有着前途未卜的惶惑。方向盘尽在掌握，其实未必能做得了主。不知道什么时候股票会跌，不知道什么时候房价会涨……

车越来越慢，直到彻底堵住。前方有事故，高速公路成了停车场。

所有人第一反应便是查导航，一片红色，纷纷提示着："前方拥堵 ××× 公里，预计通行时间 × 小时 ×× 分。"

一下子所有人都不淡定了。赶飞机的，急着回家的，长途跋涉筋疲力尽的……

一遍一遍刷导航，几公里都飘着抱怨声。

旁边紧挨着的车辆里有一家三口，他们敞开车门透气。

母亲逼着孩子写作业："都玩了六天了，不写难道等着今晚熬夜？"

孩子怯懦地顶着嘴："又不是我要出去玩的。"

"明明就是陪你出去玩的，什么不是为了你？高价租学区房为了你，花钱报补习班为了你，我把工作辞了天天接送你，每天陪你写作业，逢年过节还得给老师……"孩子说了一句，她就冒出一连串的攻击词，不打绊子，看样子是烂熟的台词。

父亲忍不住了："明知道走到哪都会被挤掉鞋，偏要去凑这个热闹！"

母亲一听变本加厉了："我一天为你们付出了多少，就不能放个假吗？每天起早贪黑，他作业写到十二点，我就得十二点睡，刮风下雨，冰天雪地，一天来回几趟。你们爷俩饭来张口，衣来伸手，我跟保姆有什么区别？"

父亲无奈道："你少说两句行不？"

"我连话都不能说！行，我不管了！"她把手里的作业本一把摔到了地上。

一阵风起，作业本被卷走了十几米，父亲跳下车，来不及勾上鞋子，一瘸一拐地追着风中的作业本。

孩子把头从天窗伸了出去，看着滑稽的父亲，穿过长龙一样的车辆，露出了一丝狡黠的笑，心里大概想：作业本最好飞得远远的，永远别回头，路最好永远堵下去，这样就再也不用去学校了。

母亲坐在车里，目光没有焦点，身子微微抽动，大概是流泪了。

十月的风，忽觉有些悲凉。

这时候最整齐的动作就是刷手机，短视频铺天盖地的消息，都是某商业帝国轰然灭亡。那是我们普通人看不懂的，没几个人能洞悉现象背后的本质，只有唏嘘、嘲讽、猎奇。

最引人注目的，是某歌舞团，那些花容月貌，曾经一个个都能把天捅破的，如今树倒猢狲散。

恰似一部当代《红楼梦》。

一位小个子青年，穿着整齐的工作装，穿过车辆，挨个敲窗发他的名片。看样子不是房产中介，就是保险推销员。

只有个别人会礼貌接纳，大多数不是摇上了车窗，就是接过来随手就扔了。小伙子凭着满腔热血，敲了足有一百个车窗，这对他来说是一次绝佳的推销机会。然而，这样密集地遭受冷脸，恐怕也是第一回。

他一定一个口袋是"鸡血"，另一个口袋是"鸡汤"。

十月的风，到底有些悲凉。

谁知反转来了，他突然跳上了一辆车，一下子高大了许多，把手中的名片一张一张抛向天空，最后一把撒得满天都是，跟撒花一样，有种撒钱的快感。

整天看人眉高眼低，这回扬眉吐气一把。他要让整条高速公路上的人都认识他，要让全世界都认识他。

他是笑着的，西装没打皱，我却看到了一身的疮疤。撒的更像是纸钱，像六月雪，他笑着笑着，就哭了……

堵车把人逼疯了。真是堵车把人逼疯的吗？

高速路旁的白杨树直挺挺地向上长着，恨不得够到天，不是为了比个子，是为了脱离那些盘根错节。

眼看着一辆辆救援车和救护车，从应急车道驶过，路再不通人真的要疯了。

穿过事故现场，看到一辆宝马车后半截已经被挤扁。人们最多叹口气，因为事不关己，也就高高挂起。

大家继续争先恐后地行驶，仿佛这样的灾难永远不会发生在自己身上。我此刻一样生不起悲悯之心，因为要上厕所，很急。

…………

原本一个小时的车程，走了三个小时，回到家已经是傍晚。看到满院子的落红萧萧，秋已经走到了深处，秋雨画的苔藓一片一片，在屋檐、树干，荫荫地晕染。

我一进门就闻到了炒青椒的扑鼻呛味，太饿了，直接吃了一口下去，耳根发烫，辣出了泪和汗。

倒吸了一口气，倒吸着悲凉。

情关

天若有情天亦老

月亮照了一夜的幸与不幸、爱与不爱，疲惫地隐身而去，看破不说破的样子。东方欲晓，野草有了破土的势头，寒塘的薄冰下涌动着春水，墙外的玉兰树上几只鸟殷殷切切地叫着，催着花发。

谋生与谋爱

光洁富丽的佳士得拍卖展厅，陈列着中国北魏时期的造像，欧洲文艺复兴时期的油画，还有张大千、齐白石、莫奈、毕加索的真品……这些都只是虚化的背景，只有一幅色彩线条极其简约的田园风景画，占满了我的瞳孔。这幅画没有签名，只在右下角留了一个手印。

"这是一位已故画家……"正看得出神，从背后传来讲解员的声音。

"他一生所有的作品都以一个手印署名。"

"那是谁的手印？"我好奇地问。

"是他最爱的女人。"

我的眼泪唰唰地流了下来……

一睁眼枕头湿了，原来是个梦。怎么会做了这样一个梦？一时间心微微地颤抖。

古人是被落叶惊了残梦，我的梦是被天花板上哐啷一声响砸醒的。

又是楼上的夫妻在吵架，桌椅板凳像是全砸了，两个人每一声嘶吼都像在用斧头劈着对方，恨不得把天都劈得粉碎。

听着简直让人窒息。我走到窗前去透气，雾气太浓，玻璃上积了一夜的水惨淡地流下来，用自己的笔法写了又画，谁知哭诉的是什么。

还没过二月二，料峭春风吹在脸上还会刺痛，对面阳台上的一块破布，在风中无辜地飘来荡去，不肯撒手，很像那一纸婚约。

中国式婚姻提倡艰苦朴素，破了洞一定要缝缝补补。外面一层维持着光鲜，里面的磨人只有自己知道。从女人这边出发，"婚"是女人昏了头，结婚除了为那似是而非的爱，多半是买一个保险，满足自己那点可怜的安全感。

可人生本无安全感可言。求安稳，是无常世界最大的谬论。

现在年轻人走了极端，不但不婚，还不爱。

爱，是真难。

月亮照了一夜的幸与不幸、爱与不爱，疲惫地隐身而去，看破不说破的样子。东方欲晓，野草有了破土的势头，寒塘的薄冰下涌动着春水，墙外的玉兰树上几只鸟殷殷切切地叫着，催着花发。

院墙上一只乌云盖雪猫，孤独高冷地走着直线，虽然这一整夜被个情字折磨得要命。我咳嗽了一声，它先警觉地站定，看了我一眼接着走。最好的关系应是这样，彼此欣赏，从不越界。

窗子斜对面是一个酒店的后门，烟筒浓浓地冒着烟，轰轰地响，像一个人背着脸说话，看不清面目。

这时从白烟里轻飘飘地走出一个人，白色的大衣遮不住女人的曲线。天哪，这时辰这场景，走出来的不是仙女就是妖精。

若真是个凡间的女人，不是为了谋生，就是为了谋爱。

谋爱，谋那销魂蚀骨的爱。

夜半私语时，软玉温香抱满怀，露滴牡丹开……可是爱的火焰里弥漫着硝烟，是敏感的神经，是捕风捉影，是呛出的眼泪流到决堤，缠成了茧衣，越缚越重。

在战争里不是你死就是我活，在爱的世界里，既死不了也活不好。谁能练就金刚不坏之身，谁能抽身欲海中的缱绻，回头是岸？有多少慕容嫣就有多少独孤求败，一生喝着那坛酒——醉生梦死。

最近在一部国产电影中看到了真爱，是两个人在绝境中的唇齿相依。失去了彼此，就没有意义再活下去，这才真叫"不能没有你"。如果遇到这样纯粹的不含一丝芥蒂的爱，将会抚平心上多少皱纹，疗愈多少新仇旧恨。

正想得出神，门铃响了，是保洁阿姨。我安顿好她，自己坐在窗前喝泡茶，一边看她擦玻璃，一边醒醒这一夜的蒙昧。

窗外一个小男孩和一个小女孩在玩跷跷板。男孩压下去，女孩笑了，女孩压下去，男孩笑了，一个人压下去，便托起了另一个人的整个世界。

"我的儿子离开我的时候，已经会笑了。"阿姨突然开口，我愣住了。

"三个月大时就送人了。"

我不忍打断她，心里一阵酸楚。

"走遍千家万户就是为了能见到他……"

我哽咽了，此刻说什么都是多余，只是眼巴巴地望着她，静静地听她倾诉。

…………

晨光洒在窗上，擦玻璃的水渍像泪珠一样滚下来，闪烁着，这次写成了一个疼痛的字——"爱"。

…………

窗开着，外面传来均匀有力的切菜声，还是楼上吵架的那家。我真担心他或她举起那把刀，做别的用。些许时间，哗啦一声，菜下锅了，闻着像是酸辣白菜。看来日子要照常过，只是烟火里辣出了涕泪，酸了心。

虽然我是个爱情悲观主义者，却永远渴慕在废墟中开出花朵，这是另一种英雄主义，看清了爱情的本质，依然相信爱情。人不能没有爱，就像深陷苦海中的人必须要求度。

不要轻易说爱

恋爱中的女人永远在挖空心思，反复盘问对方："你到底是不是真爱我？"

在搞清楚这个问题之前，最应该叩问灵魂的是：什么才是真爱？这是人类文明进化以来哲学家、思想家问天问地的一个问题，也是普通人终其一生难以探究出真相的一道难题。

男女间的爱情最难以鉴定，不像珠宝，非真即假。两个人往往开始是真的，走着走着就变了质；也许开始是假的，后来慢慢也会弄假成真。

蝴蝶振翅引起一场海啸，一眼之间仿佛有了亿万斯年。于是，从黎明破晓到日落黄昏，从日上中天到星空灿烂；清晨阳光激出咖啡的醇香，月光下酒杯泛出绮丽的夜色；浴缸里升腾的热气，窗帘上柔软的褶皱，肢体百无禁忌的缠绕，灵魂毫无遮掩的缱绻；金风玉露一相逢，便胜却人间无数……这些都是——爱。

然而爱情之路如同蜀道一样艰难，难于上青天。

相逢是一场不期而遇的偶然，而分离却是蓄谋已久的必然；相遇的时候是一首歌，永远也唱不完，而离别却只定格在一个画面。

爱到一定程度，越想抱紧，离得越远；越大声呼喊，他越是听不见；越用力想看清楚，面目越模糊，挥干了笔墨也画不清彼此的容颜。

这么多年我只见过一对神仙眷侣，已经在一起多年依然和初恋一般，无论走到哪里都是手牵着手，说话时深情凝望的眼神能互相融化，然而女方却对我说，她无时无刻不活在失去他的恐惧中。

这是现实中童话般的例子，然而多少爱情都被恐惧笼罩。嫉妒、占有，怕对方对自己不忠的担忧，让爱情的玫瑰结满了蛛丝网，密布着解不开的千千结。

多少女人每天在家里苦守着男人，失眠、抑郁、酗酒、歇斯底里，熬垮了身体、糟蹋了灵魂。

前两天听山里的朋友讲了一个有趣的故事，是关于他家养的两只鸡。朋友养了一只公鸡和一只母鸡，为的是阴阳平衡，繁衍后代。母鸡勤劳朴实，每天大门不出二门不迈，只知道兢兢业业下蛋。公鸡羽毛靓丽，声音洪亮，身姿挺拔，属于很有魅力的类型，经常跑出去招摇。

没过多久，竟然有七个邻居家的母鸡接二连三，一窝一窝地下了蛋，邻居纷纷跑来感谢，这都拜他家的公鸡所赐。原来这只公鸡风流成性，和七只母鸡都搞在了一起，可是原配的那只母鸡却抑郁了，从此再也没下过蛋……

我所写的爱情戏剧，都是厄运重重的潘多拉盒子。

《天狗吃月亮》是我写的一部讽刺喜剧，下面是其中一段包袱抖开后的台词，女主角发现男主角出轨，却不知他出轨的对象是个机器人。男主角被逼问得无路可走，只能坦白。其中的小雷是另一个失恋中的花痴。

盛开爸爸：Robert lover，在吗？

电脑：亲爱的，只要你呼唤，我随时都在。

盛开爸爸：刚才是你给我打的语音电话吗？

电脑：是的亲爱的，我不会打扰你的，只是要提醒你，11点该睡觉了。

盛开爸爸：那我们视频一下吧。

电脑：你今天需要我扮演哪一个角色？苏菲·玛索还是莫妮卡·贝鲁奇？

盛开爸爸：斯嘉丽·约翰逊。

【微信视频接通，投影上出现了和斯嘉丽·约翰逊长得一样的机器人，做了一个飞吻的手势。全场安静，小雷把手枪放了下来。】

盛开爸爸：你可以根据自己的心情设置任何你想要的声音、形态，任何一种安慰模式。在元宇宙世界里，什么都可以实现。新产品体验价，9880元，和一个苹果手机差不多，多功能，全自动，低噪音，低耗能，比你的静静实惠多了。你来，我的爱人借给你实景体验一下，没关系，我不吃醋。

【小雷看着电脑仔细研究。盛开爸爸给小雷戴上VR眼镜。】

盛开妈妈：不行，这也算出轨！

【盛开爸爸开始用一种反败为胜的语气发言。】

盛开爸爸：是的，我出轨。有这么好的情人我当然出轨！她只会根据我的需要体贴我，爱我。她知道我什么时候困了，自动帮我点杯外卖咖啡，会在我压力大心情差的时候给我讲笑话，会在我失眠的时候给我唱摇篮曲。要是明天要下雨，她会告诉我：亲爱的，别洗车哦，当心中了那个招儿，一洗车就下雨。

小雷：那她能满足你的生理需要吗？

盛开爸爸：在元宇宙世界里，没有什么实现不了的。

【盛开爸爸把VR眼镜做了一个设置，继续对妻子说。】

盛开爸爸：她不会每天喋喋不休地质问我和谁在一起，不会在我和同事应酬的时候不停地逼着我视频，不会因为我喝醉了就不让我进卧室，不会查我的消费记录，不会在周末我苦逼加班的时候抱怨，嫌我没有陪她逛街买衣服，不会……

盛开妈妈：可是我为了你……

盛开爸爸：为了我，为了我……这种道德绑架真的受够了。从第一天起我无时无刻不在恪守婚姻的契约，你还想让我怎么样？

盛开妈妈：我爱你。

盛开爸爸：你到底是爱我，还是爱你自己？

盛开妈妈：我只是怕失去你，除了你，我什么都没有了……我没有安全感……

虽然事实总是大于雄辩，我也无法举生活中真实的例子，总不能为了表达清楚披露别人的隐私。无奈才把剧中人搬出来说话，可谁说戏里就不是真的呢？

我并不是一个喜欢冷嘲热讽的人，只是在痛彻心扉后，想讲几句真心话。

安全感，是女人心底那个永远也填不满的坑洞。就算把男人挂在脖子上，拴在裤腰上，恐怕依然要漏风。

这个世间，本无安全感可言！

对当今社会的男女关系我还有一点颇为极端的见解。

我认为，现在的男人既要大男子的权利，又不想承担过多的责任；女人既要像旧社会一样不用出门工作，又要新式女人的自由，不甘于被禁锢，要人生的飞扬，又要人生的安稳。

大家什么都想要，却什么也得不到。满脑子混乱的思绪，满世界糊涂的"爱"，还有以"爱"为旗号的道德绑架。

生于世上，每个人都要面临不可理喻的残酷，然而所谓的爱又雪上加霜。我们天天把爱挂在嘴边，可根本不懂什么是爱。

我不得不实话实说，由于我们内在无药可救的匮乏，已经让爱情成了抵御孤独感的药剂。一句"我爱你"，不过是自我抒情、自我感动。

那么，爱情到底是什么？是占有，还是关怀？是索取，还是给予？是吞噬还是包裹？是被爱，还是去爱？

虽然我是个爱情悲观主义者，却永远渴慕在废墟中开出花朵，这是另一种英雄主义，看清了爱情的本质，依然相信爱情。人不能没有爱，就像深陷苦海中的人必须要求度。

爱应该是唤醒、是点燃、是治愈，是在一个脉搏上呼吸、在一个维度上感受，是在对方的身上照镜子，照出更美的自己，更好地给予彼此。

李叔同出家时，他的日本妻子问他："叔同，什么是爱？"他只回答了四个字："爱是慈悲。"说完转身离去。无缘大慈，同体大悲，从两个人的爱升华到对身边人的爱，对陌生人的爱，对众生的爱……

所以，没有金刚钻千万别揽瓷器活儿，没有爱的认知和能力，不要轻易说爱，否则在一起全是彼此的索取，痛苦的纠缠，无形的牢笼，不滴血的战争……

那么有人说既然爱这么艰难，那不如退避三舍？依然不可取！因为心像一座房子，不住人会荒废的，有了问题要及时修补才对。

那么怎么样才能提高爱的能力，什么才是最好的关系？那可是一个庞大的课题，不是一篇文章能说得清楚的。

首先，"爱"是个动词，而不是名词，爱是要行动的。怎样行动？你会说："我为他已经付出很多了。"可是你的付出是不是不求回报，这个很重要！无怨、无悔、无所求才是真心，否则都不算是爱。

你又会说这样的标准太苛刻，太没有人性，不近情理。是！可我们烦恼的根源都来自有所求，有期待。当你试着只问耕耘不问收获，以无所求之心，为他做一点简单的小事情，像对待家里养的盆栽一样，在它需要的时候，悉心浇水、晒太阳、通风、修剪……

当然这有个前提，那就是搞清楚对方真正的需要。

如果能做到无条件地爱，最先得到滋养的一定是自己那颗干涸已久的心。这样做着做着就会发现，自己就是爱本身。为什么要像乞丐一样从对方那里讨求爱？为什么要愚蠢地把爱的金钥匙交给别人？

　　日积月累，在不断付出和给予中，生命之爱会源源不断地向你涌来，如同阳光普照、雨露遍洒、草木盛放、百鸟齐鸣，无声无息，却无处不在。

　　我必须申明一下，上面的内容并非我亲身经验，是从弗洛姆《爱的艺术》那里归纳总结出来的，我还在努力践行。

　　如果你还在等他回来，可以仔细翻翻你们的聊天记录，看看对他表达过什么；如果身旁的他已经入睡，那么就听一听他的呼吸；如果你们还在冷热交战，更应该停下来问一问自己，你到底对他是不是真爱。

此时的她像一朵快要蔫了的蓝色妖姬，吊着最后一口气，挣扎着把车开到河岸。时间是凌晨两点，夜空上一弯冷月像根狼牙扎在心上，岸边有影影绰绰的荻花空虚地飘着，寒鸦时不时扔下一两声嘲笑。

蓝 色 的 雨

有一天，天空莫名飘起了蓝色的雨，落在地上流成一条蓝色的河。

起初是渐变色，流动着罗曼蒂克的美，慢慢地大地也被印染成蓝色，万物都被笼罩在一片蓝色的阴郁中，越陷越深，蓝得无边无际，蓝得令人窒息。

这场蓝雨下在一个女孩的世界里，从此她的世界只有蓝色，没有了花红柳绿，没有了枫丹白露，更不会有七彩的霓虹。

她叫露露，长得酷似那幅世界名画《戴珍珠耳环的少女》里的那个女孩，只是她没有画中女孩恬静的表情，眼神里多了一份惊恐，嘴唇微微颤抖。

露露已经几天几夜没合眼了，她又一次经历了恋情的挫败，掉入抑郁的洞穴，压箱底的罗愁绮恨全被抽了出来。

此时的她像一朵快要蔫了的蓝色妖姬，吊着最后一口气，挣扎着把车开到河岸。时间是凌晨两点，夜空上一弯冷月像根狼牙扎在心上，岸边有影影绰绰的荻花空虚地飘着，寒鸦时不时扔下一两声嘲笑。

公路上偶尔有拉土车长啸而过，身后一阵飞尘，久久不能消散，似一种荒蛮的仗势欺人。

抑郁的人会吃很多零食。露露在车里嚼完了一包薯片，没有味觉地嚼，只想嚼碎这无名的忧郁，再用身上仅有的力气打开一瓶汽水，气泡的声音在静夜里格外张扬，像她心中斩不断的心魔，咕嘟咕嘟地从胸腔里冒出来。

在这样自我放逐的夜里，被抛弃，无依靠，不被爱的感受层层吞噬着她，无处逃遁。她啃着指甲，嘴里呼出微弱的气体，车窗渐渐蒙上了一层雾，什么都看不见了。

整个世界一无所有。

露露打开手机，自拍了一张照片，编辑了一条朋友圈："emo 中，等日出……"发完了删，删完又发，辗转几遭，还是放弃了，只剩下机械地刷着屏。很想找一个人链接，老的少的男的女的美的丑的都可以，可每看到一个人，都是一次痛苦的提示。

她好想找一个人依靠，却一次次脚底踩空，一次次摔倒；她不断地索求异性的爱，可得到的只有一套巍巍峨峨的虚伪，泰山压顶般向她袭来。她给自己的心裹了一层坚硬的外壳，防御着一切，然而越坚硬越易碎，碎得一塌糊涂。她对爱有着无穷的贪恋，却一次又一次亲手把爱情撕毁。

她没有焦点地望着幽深的夜，一双大眼睛布满疼痛的美丽。

刚出生，露露就被亲生父母遗弃，在养父母的家庭里受尽了委屈，年幼的她因为长得美多次遭遇猥亵……她被一个巨大的黑影挤在墙角，叫天天不应，叫地地不灵，那身心重创的画面，如影随形。

尽管厄运一环接着一环，阴影一层一层加重，她依然长大了，有着一如既往娇美的容颜，靠着自己的聪慧和努力过上了想要的生活，只是童年的创伤需要用漫长的一生来治愈。

尽管被世界残暴对待过，整颗心已经被蹂躏得伤痕累累，她还是信奉诗人纪伯伦说过的一句话："一个伟大的人有两颗心，一颗心流血，另一颗心宽容。"

像今天这样的不眠夜，她苦苦挨着时间的滴漏，在拆肌裂骨似的精神疼痛中，盼着日出的那一刻，哪怕只看到一丝光亮，哪怕只有一次被温柔以待过。

温柔可以抵御一切利剑，可以穿透四海八荒，温柔的心上不会有一丝裂痕。

晴空上温柔的云不会被揉碎，高山上的涓涓细流不会被拦腰斩断，水中的圆月一被打捞就晕染了满池的光环。

在这个暗夜的角落，天边的恒星都困倦了，那一滴滴温柔的泪，顺着露露的眼角自顾自地流淌，流到了不知所在的无人之境，奔腾翻涌，流成了生命的大河。

泪眼蒙眬中，东方既白，恍惚中，在河的彼岸，那一线天光里，出现了一个剪影，幼小的露露被妈妈温柔的双臂托了起来，和橘子般的太阳一起，缓缓升起。

那一刻她忘却了，夜空中有一颗幼小的星星，曾经坠落过。

　　一只被困在车里的昆虫，在车窗上缓慢地攀爬，爬到一定高度就跌落下来，跌下来再继续往上爬，这样起起落落，爬了一夜，只为寻找那光的所在。

　　露露伸出一根手指，轻轻地托住了这微小的生命，那是一股巨大的支撑，她用另一只手打开车门，把它送到了外边广阔的天地。

　　她的车后停靠着一辆大货车，没关车窗，从里面传出司机雷鸣般的鼾声。离车轮半米处，有一个还未熄灭的烟头，可见他刚闭上眼就已睡熟。

　　由于太疲惫，这庞大的躯体也没有了任何威胁，反而让露露心里升起一种柔软的悲悯。这很像法国电影《蓝》中的一个场景，女主角是朱丽叶·比诺什扮演的。当女主角陷入丧失亲人的巨痛时刻，偶然看见一个孤独的老妇人拖着蹒跚的脚步丢垃圾，绝望的眼睛里不由泛出了温柔的光。

　　还有电影最后那段经典的独白："现在我唯一还要做的事情就是：无所事事。我不想要任何遗产、任何记忆。没有朋友，没有爱情。那些都是身外之物。"

再一回头，眼前那片被染成蓝色的草地，变回了鲜嫩的绿。这一棵棵幼草，告别了黑暗和蒙昧，破土而出，用孱弱的身躯迎接生命的朝阳。

草上的露水像珍珠一样晶莹透明，和露露睫毛上未干的泪一起，闪烁着宽恕、救赎、觉醒、慈爱的七彩光。

然而，蓝色并不会从露露的世界里消失，那是她一生的底色。

出门迎着斜阳散步，椿树花落了一路，像绒绒的金黄色地毯。在光影的透视里，有了穿越时光隧道的幻觉，仿佛一脚跨过去就到了未来，一脚返回去，又退到了从前。也许，过去、现在、未来本无界限，我们只是被时间套牢。

秋日的私语

生病和秋天很搭。

一阵秋风一阵咳嗽，风停了，咳嗽还不停，树上的叶子跟上了节奏，一片一片地飘落。连眼泪也落了下来，不知道是咳得太深还是什么。泪还未干，屋檐已经开始哭泣，掉在水面，是心上泛起的涟漪。

此景此病，脑子里全是放大的不快乐，负面情绪如潮水般涌来。

任由凄风苦雨横竖拍打着，和记忆中那些冷冰冰的遭遇一起，在心上涂抹。我和金庸小说里的张无忌一样，从小受过"寒冰掌"，一遇到这样湿冷的天，心病就犯。

若不会"九阳神功"，就驱不走身上的寒毒。

生而为人，谁能没有创伤？

我们从出生那一刻，离开子宫就是一次分离的创伤。断奶的痛苦，学走路时摔跤，稚嫩的皮肤触碰着冰冷的世界，与周遭的坚硬摩擦出的伤痕，种种，种种……

我现在练的内功就是：直面一切情绪。

就这样和内心的孤独与恐惧和平共处着，不逃避，不用头脑分析，不选择任何安慰剂，不用任何道理去解释。我只是眼睁睁地看着它，感受着它，抚摸着它，拥抱着它。这样带着觉知，那些"寒毒"就不会太痛苦，心里的恶魔也没有那么张牙舞爪了。

对待疾病，我一贯也是这样的态度，能不去医院就不去医院，能不用药就不用药，不到万不得已不去干预，让藏在身体里的病发出来，虽然过程漫长，但身体的自愈功能往往超出人的想象。只是这次病魔和心魔凑到了一起，它们格外不愿意走，它们交织缠绕着，拉长了我休养的节奏。

身体虚弱着，味觉淡了，嗅觉淡了，所有的欲望也都变淡了。

日子慢下来，反而过得有诗有歌。日以继夜，夜以继日，没有什么时间概念了。

有时一觉醒来已经是傍晚，感觉睡到了地老天荒，眼前昏黄的吊灯低低垂着，厨房里传来打鸡蛋的声响，清脆的、稳妥的。一会儿妈妈送来一碗加了糖的蛋花汤，有回到小时候的错觉，老房子、老灯泡、蜂窝煤炉子、糖水、妈妈的爱……

夜里都是间歇性的睡眠，醒的比睡的多。睡不着，就放着古典音乐，披着衣服到院子里静静地坐着。

记得有一次，我低头沉郁了很久，抬头忽然看见天上的云变成了五个手指的样子，像一双大手，抚摸着我不安的心。

又看到一架飞机从夜空划过，信号灯闪着游子的归心，这是千里之外的一眼相遇，而我在以爱的注目，祈愿飞机上每一颗跳动的心，安稳如初。

仅仅是一瞬间的感动，引得我心里浮现出很多人的形象，爱护我的、折磨我的，一一闪过，像一尊又一尊艺术性极强的雕塑。

我眼里噙着泪水，伴着巴赫溪流般的乐曲，深深感念。生在这个世上，没有一个人不是来助我的，不管是顺的还是逆的。

坚定地告诉自己：活在自己的爱里，而不是活在别人的慈悲里。

有时候精神好了，我就在院子里缓缓地走，把开败的月季用剪刀剪掉，一不小心失了手，剪下来一朵盛开的，虽有些懊悔，却没有过分苛责自己，一切的发生都是刚刚好。

我喜欢拿水管浇院子，当清道夫很让人愉悦，水流一寸一寸地冲过地面，是洗涤灵魂的感觉，花草被激发出诱人的芬芳，那是真香。

大半个月过去了，原本丰满的梧桐树瘦成了一道闪电。落叶堆成了厚厚一叠，不扫，为了保持秋天的原貌，所有的生命最终都会尘归尘、土归土。

有一天病突然好了，我搬了小板凳坐在落叶堆上，手里拿着好吃的，双脚不自觉荡了起来，在秋阳的怀抱里，我像个宠物。

墙外的桂花不请自来，流芳入室，提神、醒脑、开窍，香得人忘乎所以，那不只是香，那是哲思在弥散。

相传宋代的黄庭坚就是闻了桂花香悟道的，不知他老人家悟的是什么道，此刻我也有些天人合一、物我两忘的感受。

出门迎着斜阳散步，椿树花落了一路，像绒绒的金黄色地毯。在光影的透视里，有了穿越时光隧道的幻觉。仿佛一脚踏过去就到了未来，一脚迈回去，又退到了从前。也许，过去、现在、未来本无界限，我们只是被时间套牢。

纵有千般的无奈，今晚也不能辜负了月亮。天也给力，下了一个月的连阴雨，今天晴得通透，不迟不早，刚刚好。月亮露脸了，硕大、饱满、金黄，我不自觉地竟对着月亮鼓起了掌，想起了曾写过的一句话：为了看月亮，也不能低下头。

不一定要快乐

我被独自写作的日子惯坏了。

住在山下，听着山水清音，和花鸟鱼虫草聊天，为了灵感，也有了快感。

在日常的扫洒中与时间对谈，从白天的茶杯里看浮光流转，夜晚独酌时，心里的光和天上的星星一起闪。在起笔落笔之间，打通了经脉，一次次和自己和解。

一本书收尾了，短暂的兴奋之后，是长久的落寞，像一场大戏谢幕后，总有人去楼空的感叹。尽管创作倾注了身心所有，此刻要面对的，有可能是别人一带而过，甚至连翻都不会翻开。

我陷入了自我否定的泥潭。

自己劝自己，期待别人共鸣是一种奢求，渴望通过文字影响别人，更是一个大妄念。

最近置身于人群，却感到彻骨地孤独。

茫茫四顾，落落寡合。

又是八月十五，朋友圈里都在祝中秋快乐。越是团圆的日子，越能触摸到心底的缺口，我不一定要快乐。

在铺天盖地的祝福信息中和灵魂失联，在堵成一锅粥的道路上迷失了归途，我又怎么会快乐？

后院的核桃掉得七零八落，四处红衰翠减，满目萧索。虽说所有的悲伤都是自己的原创，那又怎样？我就是不快乐。

纵有千般的无奈，今晚也不能辜负了月亮。天也给力，下了一个月的连阴雨，今天晴得通透，不迟不早，刚刚好。月亮露脸了，硕大、饱满、金黄。我不自觉地竟对着月亮鼓起了掌，想起了曾写过的一句话：为了看月亮，也不能低下头。

八十岁的二舅来家里过节，在电视里看昆曲《长生殿》，熨帖的水磨腔：天淡云冰，列长空数行新雁。御园中秋色斓斑：柳添黄，苹减绿，红莲脱瓣……

词写得是真好。

二舅已是风烛残年，眼睛里却放着光芒。他想喝两杯，我恰好藏有西凤 15 年陈酿。

二舅说："十五月圆夜，喝西凤 15 年，双倍圆满。"

开瓶、斟酒，香气四溢，举杯、邀月，一饮而尽……

"听说李白月下独酌喝的是这个酒，杨贵妃醉的也是这个酒，咱们今天喝的不是酒，喝的是时光。"

我，二舅，《长生殿》，西凤 15 年陈酿，时间的琼浆……共鸣在这月圆之夜，有种难言的感动。

相识满天下，知己有几人？

听到"一抹雕阑，喷清香桂花初绽"，窗外的桂花香恰好飘进来，在夜风里香透了。

空气越凉越是香，也许灵魂冷却后，会有更持久的芬芳……

不快乐的节日，却是浪漫层层递进的中秋。

伍

宿命

梦里不知身是客

回忆至此，一阵凄厉的风吹过，院子的柳条抽打在我心上。不是依依惜别，而是折断整个长安城的柳枝也留不住的情，是天各一方、永不能相见的痛，深过千丈水、万仞山……

清 明 雨

民间有句话叫："菜花黄，疯子忙。"

春天百木生发，人的肝气最易旺，所以伤春并不是矫情，身体使然。今年（2023 年）又是闰二月，多赚了一个月的春景，也就要多熬一个月的春愁。

关中特有的一种野菜叫茵陈，这个季节采来吃最解肝毒。妈妈变着花样让我们吃，要么和了面粉上锅蒸着，要么焯了水凉拌，还会包成素包子素饺子，活生生把饭桌铺成了春天的田野。

妈妈的爱细腻得像剁成泥的饺子馅，那一串串唠叨，又如同野菜，缠绵中带着苦涩，在心肠里千回百转。

"三月茵陈四月蒿，五月六月当柴烧。"这是说清明节是分水岭，过了这个节气，茵陈就不能吃了。

吃完饭，站在窗前，看着帘外的雨落成丝线，织出一张湿布，遮住了我要燃烧的身体和那颗快要跳出来的心。

青灰色的浓云游走，那是天空在醒脑。零碎的春景在雨中晕染开来，新绿倩红都有了一丝深沉。

又是野菜，又是清明雨，又是沉到底的往事浮出心海。有些场景碰起来像触礁一样凶险，是难以承受的惧怕和苦痛。

那年春天，父亲查出癌症，已到了晚期。我走遍了大江南北，遍访了西医权威、中医泰斗，民间的土方子和尚道士全都搬出来了，没有一个奏效的。为了给父亲治病，不吝金钱，可财神救不了人的命。

药医不死病，佛度有缘人。

我只能眼睁睁看着，父亲日渐形容枯槁。要么高烧不退，要么冷成冰窖，脾气也是冰火两重天，没有一刻是柔和的温度。

后来又听说蒲公英能治癌症，我就四处找来晒在院子里。那一年，满院子蒲公英，铺成了满院子的哀愁。

蒲公英的绿叶子，在并不明朗的天光下干枯缩小。无根的生命就此定调，残存的白色种子呛得人鼻酸，一团团飘在上空，像是在吊孝。

再叫一声"爸爸"时，无人应答，只有吞声……

回忆至此，一阵凄厉的风吹过，院子的柳条抽打在我心上。不是依依惜别，而是折断整个长安城的柳枝也留不住的情，是天各一方、永不能相见的痛，深过千丈水、万仞山……

墙角站着一只幼鸟，瑟瑟地抖，在烟雨凄迷中销魂地唱着。若能懂鸟语，唱词应该是这样的：

"还不会飞，翅膀已经断掉；还没长大，却没了依靠……"

父女之情是一条绳索，当你还不会走路，让你攀附；当你只身走在悬崖边上，它会把你牢牢拽住；也会永远在你心上织成网，纵然生离死别，也有解不开的千千结。

我至今不敢看父亲的照片，怕一见就会掉进回忆的深渊，尽管时光会让往事的画面模糊，但他病重的那段经历，像一道刺目的光，我尤其不敢直视，怕灼伤了眼睛。

春至清明，已经烦琐又沉重，残忍的生长痛，早已盖过了新生的喜庆。春逝的悲伤，是子规啼血也唤不回东风，如同人生必经的衰老、病苦、死亡⋯⋯

花开至此，也是不堪生命的重负，不得不垂下头，往下坠，枝上的残花和地上落红同在，休戚与共，雨中的一片殷红，都是思念的血泪染成。

一场雨，一番追忆，一次肠断⋯⋯

雨停了，天清地明。群鸟又从八方聚在枝头，嘤嘤啼啭，甜脆爽朗。妈妈此时递给我一个芝麻薄饼，咬一口下去，一个世界的烦忧都终结在此。

孩子们在海滩上开心地跑着跳着，推着我在秋千上荡呀荡，荡到飞起来，我的笑声从生命的纵深处飞到了时间之外。今晚的月夜海滩，和二十年前南半球的一模一样。只是二十年后的我不再恐惧和懦弱。在秋千上荡起的瞬间，融入永不枯竭的海、亘古不变的月。

理想国和桃花源

对于内陆长大的人，大海象征着诗和远方，是碧海清湛，云天绵绵，红顶屋外安抚双眼的白沙、椰林，是理想中的理想国。

然而，亲历后才知道并非如此……我与海的不解之缘，是从二十岁开始的。

那一年，我娇羞地撑着太阳伞，走在澳大利亚的阳光海岸上，细沙埋住了我的脚趾，我穿着一身中式红裙，一头黑发像是搭着一个大披肩。

面对着一个个丰硕、粗犷的穿着比基尼的身体，看它们暴露在天海间，我感觉自己彻头彻尾是个局外人。

澳洲海边色彩的对比度高到刺目。人很大，动物和植物也很大，我见过和羊一般大的鸟，也见过和锅一样大的花。

海的吞吐是大口进大口出的，和无限贪欢的澳洲人一样。那是个无比香艳的海滩，弥散着奢华和优越的气息。未经世事的我虽然渴慕，却难以深入，像是和他们拥抱时，总是有一种难言的阻隔。

没过多久，我就开始流着泪，想念中国天青色的烟雨天，想念小桥流水、庭院深深、空谷幽兰……

一天夜晚，我从一个热闹的聚会中逃了出来。那一刻正当月在中天，月光像舞台的追光灯打在海中央，是只有一千零一夜的故事里才会有的场景。

只可惜那一片寂静的光辉投影不到我心上，因为我年少的心折折叠叠，折成了一个飞不起来也摊不平展的纸飞机。不是怅惘着过去，就是奔涌在未来，唯独把握不住现在，有着芳草在天涯的茫然。

正往回走，一群醉汉冲着我喊"Aisan ×××"，是一些英文里极具侮辱性的语言。一阵放浪形骸的笑声啪啪地打在我脸上，就算跳到海里也熄不灭我的怒火，可却无力对抗。

也是这一个偶然的遭遇，让我坚定不移地离开了澳洲的海。尽管那是我用多年苦学的英语和漫长的签证申请，心心念念等来的机会；尽管甜虾、杧果配牛油果沙拉，再喝上一杯醇正的干红，味觉已达巅峰；尽管上四天休三天，每周都有工资领，周末不是在BBQ（户外烧烤），就是在BBQ的路上……我还是要回我爱的中国。

我似乎有一点心想事成的能力，但凡投入去想象的都会实现。三十岁的时候，我定居在烟台，住进海边的别墅，豪车接送往来，打飞的周游世界。除了四处收藏红木字画，就是每天弦歌雅集，杯酒纵横。当然也遍访名山寻仙问道，供佛斋僧捐庙……

然而在我过着理想中的生活的同时，也遭际了从没想象到的痛苦。

那时的海咸味很重，喝起来会让人越来越渴，人的欲望和野心不断膨胀，和海一样汹涌。登高必跌重，没过几年，优越的生活破灭，一夜间树倒猢狲散，我的理想国如海市蜃楼般，瞬间消亡。

那年冬天沧海浑浊，风雨如晦，海风呼啸得像鬼哭狼嚎，在人身上反复碾压，雨雪也是从天上重重地砸下来。没有救世主能平定风波，那些烂熟于心的圣贤言教缥缈如烟，凝固不成定海神针。

我将自己幽闭在房间里，心乱如麻、度日如年。焦灼和恐惧吞噬着我，一个人终日蜷缩着，任泪水漫到床边，无数次想过死，但还是被亲情和责任牵绊住，选择了活。

大浪没能把我卷入深海，转过年，命运向我伸出了贵人之手，拉我靠了岸。

理想的生活一去不复返，但精神没有衰竭，只是风平浪静后，沙滩上留下了一道道深重的伤痕。

《百年孤独》中有一句话："生命中所有的灿烂，终究都要用寂寞来偿还。"当然，所有提前透支的生活，也都要连本带利地偿还。

我回到了长安，隐匿在人海里，身居陋室，潜心写作，谈不上呕心沥血，但也是笔耕不辍，希望通过创作来弥补早年因为无知和狂妄欠下的债。

二十年前的精神流浪到了今天的精神还乡，过的不是理想的生活，而是本来如是的生活。

弹指间，已经到了不惑之年。

一个特殊的机缘，我参加了北大哲学教授朱良志先生的美学课，上课地点设在北戴河阿那亚，一个人为构建的海滨"理想国"。

这里一切都很精致，很和谐，像是一个人工智能的王国，也像电影《楚门的世界》里的虚拟小镇。来这里的女孩子都很时尚，她们几千里地奔走而来，却只为举起手机打卡、拍照、更新状态……

且不论这些，阿那亚的海没有腥味，波浪澄净。我们坐在大落地窗的教室上课，窗外波光粼粼，海鸥翩翩，也有了鸥鹭忘机之感。

时而有划艇穿过，像是给海面剪开了一道，然而大海瞬间自愈。听到老师引用陶渊明的"纵浪大化中，不喜亦不惧"，刚好应扣了当下的心境，不论浪卷还是浪舒，沧浪之水清还是浊，都与我不相干了。

人生在世，短暂得像大海中的泡沫，哪里才是心中永恒不落的桃花源？

恰逢十五月圆之夜，饭后我带了朋友的几个孩子去赏月光海色，即兴作诗一首："冰轮涌沧海，银浪滚滚来。

鸢飞鱼跃处，一人对影开。"

孩子们在海滩上开心地跑着跳着，推着我在秋千上荡呀荡，荡到飞起来，我的笑声从生命的纵深处飞到了时间之外。今晚的月夜海滩，和二十年前南半球的一模一样。只是二十年后的我不再恐惧和懦弱。在秋千上荡起的瞬间，融入永不枯竭的海、亘古不变的月。

返程中，看到大地一片荒芜，路边的柳树随风摇曳，才隐约长出毛毛的绿，像是秃头上几缕倔强的发丝盖过头顶。而此时长安已经垂柳依依，像美人一把青丝涤荡在渭水。

马上就要回到我的桃花源，终南山下的茅屋草舍，日落黄昏后东篱把酒，空庭如许。江山无限意，都在其中优游。

桃花源中，不知有汉，无论魏晋……

天鹰展翅无惧风云变幻，唳声宣布石破天惊的伟绩，越挫越勇，越难越坚；梁燕翩翩，感念寄居的恩允，浅唱着耐人寻味的歌谣，苟存却不颓然；宾鸿来去一如，长啸着未卜先知的箴铭，无人会意却悠歌不散。

天鹰　梁燕　宾鸿

悬崖边，从石缝里蹦出的一树杜鹃花在燃烧，有血染的悲怆。

一只雏鹰用细小的脚紧紧地扒着岩石，幼小的身躯像一个颤动的问号，眼神里抖落出惊恐。

云海浩渺无际，是无法想象的未知，绵延的远山时隐时现，不能确定它的存在，山石陡峭，没有丝毫同情。

这羽翼未满的幼小生命，即将面临的，是生死大考。

老鹰直立在它的后方，一目千里，灰黑的大翅膀像披着的战袍，一副王者的尊容。它即将要把自己的孩子推下悬崖，尽管不忍，但深知这就是鹰的宿命，要么粉身碎骨，要么雄霸天空。

小鹰被母亲的翅膀轻轻一挥，就像一块石头坠了下去，空气阻力层层剥蚀着它的皮毛，击打着它的骨肉，它痛不欲生。

眼看要跌落到谷底，英勇的天性和求生的本能让小鹰奋力张开翅膀，直冲云霄，完成了第一次飞翔。

这是它生命中最关键的成长，从此自戴冠冕，威震十方。

当人们在规劝"劝君莫打枝头鸟，子在巢中望母归"的时候，雄鹰早已瞄准自己的食物，一个俯身下冲，鹰爪张开直击目标，揽入囊中。

动物的世界没那么复杂，只有弱肉强食，粗暴横行。

春雨淅沥，田园里绿意盎然。寻常人家，紫燕在绕梁低回，彬彬有礼。

燕子弱小卑微，但智慧很高，摸透了人类的脾气，寄居在人家屋檐下，但从不越界，与人既亲近又保持距离。它们玲珑的身体包裹着格外审慎的惊魂，逢人便轻歌曼舞以示友好，这并非阿谀奉承，而是委曲求全的生存之道。

《庄子》中讲道：燕子是绝顶智慧的小鸟，飞到密林，深知那里万物丛生，但并非安全的住处，便迅疾穿过，绝不眷顾一眼，只选择安乐的人家在梁上做窝，不落苦寒之门。

"落花人独立，微雨燕双飞""谁家新燕啄春泥"，古人对燕子喜爱至极，赋予了它人间最美好的称谓：玉剪、观音燕、天命玄鸟……

宾鸿，以另一种高洁空灵的姿态，游弋在沙洲上，徒飞在旷野中。

任岁月风霜侵蚀，孤影常在寂寂的长空飘荡。它们一生漂泊，居无定所，像一个宾客，永远在寻找归程。

"翩若惊鸿"是《洛神赋》里对佳人飘逸超脱最绝美的描绘；李商隐的"欲问孤鸿向何处，不知身世自悠悠"，感慨了人生的流转蹉跎；苏东坡的"拣尽寒枝不肯栖，寂寞沙洲冷"更是道尽了自己和孤鸿一样不妥协、不依附，宁愿浪迹天涯的命运归宿。

这天壤间的"寄儿"遗世独立，仿佛站在世界的另一端昭示着世人：但凡能停靠的一定不是彼岸，能追逐到的绝不是终极答案，一切归属感都虚无缥缈，只是短暂的寄托而已。

人，永远行在路上。

天鹰展翅无惧风云变幻，唳声宣布石破天惊的伟绩，越挫越勇，越难越坚；梁燕翩翩，感念寄居的恩允，浅唱着耐人寻味的歌谣，苟存却不颓然；宾鸿来去一如，长啸着未卜先知的箴铭，无人会意却悠歌不散。

　　桀骜、委屈、激荡、超脱……绘成苦短世间的一幅群像图，谱写出一部高、中、低音和声的交响乐。

　　据说四十岁的鹰会再次面临生死抉择，鹰爪老化，翅膀沉重，无法飞翔和捕捉猎物。此时它要么等死，要么摧毁退化的喙，然后拔掉一根根指甲和羽毛，在剧痛中等待蜕变，等待重生，等待再一次飞越长空。

　　燕子为了躲避寒冬的镇压，南渡北归，秋去春来，一生寻找居所，衔泥吐唾，只为筑造一个安乐窝，日夜孜孜，直到吐血身亡。

　　孤鸿一生云水飘零，精神自由从无受限，从未凝滞。然而羁旅之苦，不可说，不可说。只有大雪纷飞后，一片皑皑中，偶尔见到的雪泥鸿爪，那一点痛苦的印记，才让人深深地感慨：

　　生命，无容易可言。

午后时分，我独自坐在幽窗下，燃起了一支流苏香，袅袅的轻烟在空中轻描淡写，想怎么样就怎么样。用手指轻轻触碰，它躲闪一下，瞬间又回归，继续自己不愿被改写的轨迹，自然而然的生灭，超然物外的姿态。

流苏飘香

一阵风雨过后，百花不堪摧眉折腰，千红殆尽。

最喜欢初夏的颜色，一片博大的绿色铺陈开来，深深浅浅层层掩映，满目苍翠。生命褪去了浮华，才真正舒展开来。

午后时分，我独自坐在幽窗下，燃起了一支流苏香，袅袅的轻烟在空中轻描淡写，想怎么样就怎么样。用手指轻轻触碰，它躲闪一下，瞬间又回归，继续自己不愿被改写的轨迹，自然而然的生灭，超然物外的姿态。

然而眼前这缕轻烟，此时此刻的空灵，是数不清的前尘旧事凝结的。它的前生，是一棵风华绝代的流苏树。

那是一段沉甸甸的故园旧梦……

在那所园子里，有我一段极尽风华的日子。朝暮间的风光、四时的景致尽收眼底，每日宾客往来，谈经论道，琴棋书画诗酒香花茶，经年不绝。

每逢五月，院子中间一棵硕大的流苏树全然舒展开来。那是数以万计的纯白色绣花针，一针一针，拥簇成的千堆白雪，织就了一个圣洁华贵的雪国。那盛极一时的光景，即便化成灰我也忘不了的。

它的美，是一种绝世的，近乎倾国倾城的悲怆，为此我写过一个爱情悲剧，故事大体如此：

一对恋人，在山前的一树流苏下相遇，在云朵一般无限的温柔中，两人一见之下，四目相交，欲海情河。

女子对心爱的人说："滚滚红尘中，我依然可以清晰地看见你。"

男子回答："遇见了你，红尘不再滚滚，因为我的心静止了。"

…………

他们就此执手，甘愿偕老，二人须臾不可分离。

结婚后，女子念念不忘当初那株流苏树，男子便想尽一切办法把它移植到了自家院子。

蜜月期过后，男子每日出去工作，女子在家守着流苏树度日如年。她惧怕丈夫对她不忠，终日惴惴不安。她不能接受她的爱人接触任何女人，每天都捕风捉影，常常会歇斯底里。

时间久了，男子为了躲避无休止的盘问和质疑，回家越来越晚。女人便越发焦虑，积忧成疾。

流苏树不再绽放，因为占有和嫉妒给那一片洁白的爱泼上了污水，让千朵万朵的真情告白都变成一句话："我不能没有你，也不能有你。"

他们的精神厮杀从秋走到冬，绝望的泪水从春流到夏。几年后，流苏树枯死了，再没有五月雪海漫漫，飘散十里的幽香。

两人也终于不堪重负，分道扬镳，各自望断天涯路。

不知道怎么会写这样一个故事，也许源自我对"盛极而衰"这个词的笃信。"崇高必致堕落，积聚必有消散。"

但凡极致的美都伴随着残酷，爱情当然如此，无论爱得有多热烈，人性的自私和贪婪都会乘虚而入，涂抹在纯洁之上，让爱如此热烈，又如此悲凉。

而我，因为生活的变故，早已离开了那个院子。一别两茫茫，再也没能目睹流苏的盛放。

　　偶然间，一个故友寄给我一盒线香，是采撷了那棵流苏树的花瓣，碾成的芳髓。

　　眼前的这支香燃到了尽头，只剩下铺满的灰烬。用手捻来一点，细腻绵软，没有丝毫痛感，那是往事的骨灰。

　　无论我写的故事多么凄美，我自己的故事多么跌宕，一切都随风而逝。故园只能悼念，曾经那个好大喜功的我也早已经死去，多少锦绣烟尘都随风而逝，化成一缕香魂。

　　大、繁、盛、广……膨胀得越多，烦恼越无穷尽。我们只有拳头那么大的一颗心，在物质泛滥的时代，已经变得四分五裂，一根根脆弱的神经在爆棚的信息量中盘根错节。

　　是该抽身想一想了。只有简化才能减少能量的消耗，才能强大生命的内核；只有简化才能让碎片的时间拼成完整；多一点留白才会让生活多一些耐人寻味。

　　拧干生活的水分，会无比轻松，才知道真正属于自己的只有那么一点点。

弱水三千，但取一瓢。西方有句谚语叫"少即是多"，中国文化讲到"一即一切"。一朵微花，开出大千世界的生机；一枝竹影，也能透出寰宇四方的奥秘。

此时已是黄昏，斜阳照着苍翠的古柏，透出稚嫩的黄绿，似乎有了孩子气。庭前的芦苇和垂柳间，夹着一线橙色的水光，泛出了千里波澜。

不必远行，胸中自有丘壑，眼前的景致已占尽风华。

远山眉黛渐浓，起起伏伏托着我清幽的梦。

外面下起了雨，一道道横飞在车窗上，刀光剑影。劳斯莱斯的模拟星空顶上时不时划过流星，划出了极长极长的忧伤。

生命中不可承受之重

最怕面对的事情还是发生了。

妈妈心脏病复发，需要再次手术。病危通知书是一张红牌警告，提示着我最不能承受的生命之重。

陪床期间，恐惧、焦灼、慌乱、心疼……各种情绪混杂着，在心中横冲直撞。还好，几天的医学观察、监测、治疗下来，度过了危险期。

心内科永远是人满为患。主治医生来查房的时候，总是风风火火，像是做流水线作业。在每个病人面前停留不到一分钟，摆弄摆弄仪器，撂下几句话转身就走。不给你机会再多问一个问题，只留下一道长长的背影，似乎告示着：众生是救不完的。

有个年长的护士总是皱着眉头，黑瘦的脸被一股怨气无情地刻画着，护士帽已经盖不住两鬓的白发。她急匆匆走进来，熟练地撤掉了妈妈的心脏监视器。一言不发，却用一身的肢体语言传递着："你们欠我一个安慰。"

邻床住的是个农村老汉，瘦骨嶙峋，深陷的眼窝，直勾勾看着前方，却没有任何焦点，像是用沉默等待着命运的审判。陪床的儿子看起来很忠厚，大气不出，只是一直在抖腿。我惊叹于这对父子就这样干坐着，可以一整天不交谈一句，这也许就是中国式的父子关系。

弟弟来换我的班，妈妈心疼我陪了一天一夜，催着我走。我便嘱咐了几句，背起包离开了。

刚出门，一阵眩晕，扶墙站了一小会儿，才反应过来是肚子太饿了。为了不等电梯，我上上下下都走十几层的楼梯通道。楼梯昏暗无光，是整个医院唯一静谧的地方，走在其中像是从必然王国走向自由王国，这给了我一点避世的抚慰。

走到负一层的餐厅，已经是饥肠辘辘。无论如何，餐厅都是有温度的，打饭的大叔格外热情，哼着秦腔，把满满的一份饭菜递到我手里。我突然觉得，在纷乱的际遇中，一切都靠不住，能靠得住的只有眼前这热气腾腾的一餐饭。我低着头拼命地吃，竟吃出了无可挑剔的滋味，稳妥了身子，踏实了心。

旁边的几个保洁大妈一边干活，一边若无其事地讨论着今天太平间又多了几个人，都是怎么死的。餐厅中间摆着的钢琴像个怪物，露着一排大白牙齿，痴痴地笑，一副见怪不怪的样子，这让我刚暖和起来的身子，又打起了寒战，此地不宜久留。

刚上楼，一辆担架车擦肩而过，车上的人盖着被子，只有一只手露在外面，枯瘦得像个鸡爪，而且是黄黑色的咖喱鸡爪，那该是被多少病痛烹煮出来的。

空气中的病气、戾气重重来袭，满大厅穿梭的人流，影影绰绰的身影，难以捕捉的神情，像一幅阴郁的印象派油画，主题是"流浪生死"。耳朵跟耳鸣了一样，一阵阵咕咚咕咚的声响，像是在看一部默片，不太懂剧情，只能感受到阵阵慌张。

整个医院像一个大熔炉，锻造着无数的身体，也是一口大锅，煎熬着无数心灵，每一刻都有人不得不往里跳，也有人被修缮好顺利逃脱，当然也有没闯过鬼门关的，就此命丧黄泉。

在这里所有人都融为平等，再多的棱角锋芒都被磨平，身上的华盖都成了重压，任何地位和背景都黯然失色，只剩下两个称谓，病人和病人家属。

走出医院，已是黄昏时分，漫天的黄沙和飞絮在空中搅拌，侵犯着我疲惫的身子和破碎的心。飞到眼睛里，呛到鼻子里，酸涩到骨子里，披了我一身的脏。

站在路旁半晌也等不到空车，身旁有一树嫁接出来的月季，肆意地生长着，赌气似的开，非要开得大红大紫不可。怨自己的出身，也怨种花的人把它随手丢在路边，从此无人问津。

真是雾非雾，花非花……

正困顿到极致，突然有一辆车停在我身旁，车也灰头土脸的看不清面目。还来不及仔细辨认，车窗便摇了下来，里面露出一张焦黄的脸，示意我上车，见我发愣，便说："老同学，是我，何小虎。"

我瞬间又是欣喜又是惊讶，他怎么变得这样憔悴？上车后，先是震惊，这是一辆劳斯莱斯，无与伦比地豪华和舒适。寒暄了一阵才知道，他患了尿毒症，要靠每周来医院透析维持生命。

我不知该怎样表达，一路都是有一搭没一搭。驾驶员开得无比平稳，我的心却是七上八下。上一次见何小虎，还是几年前的同学聚会，只听说他发了一笔横财。我因反感他身上那种嚣张气焰，平时从未联系。如今坐在他身旁，听着他吃力的话语和深重的喘息，不免想尽量哄他开心。

　　"劳斯莱斯体验感果真不同凡响。"我弱弱地说了一句。

　　他左手紧紧握住车窗上方的扶手，右手不停地抓自己的衣角，清了清喉咙，隔了半分钟才说："咱家境不好，从小就梦想着有今天……十几岁就出来打拼，摆地摊，在工地里搬砖，蹬三轮车，什么都干过，那时候看人家开轿车，羡慕得都得红眼病了。"

　　说得像是个笑话，可我无论如何都笑不出来……

　　外面下起了雨，一道道横飞在车窗上，刀光剑影。劳斯莱斯的模拟星空顶上时不时划过流星，划出了极长极长的忧伤。

　　车上坐的两个人，一个被自己的病折磨得只剩了半条命，一个被亲人的病折磨得缩成了半颗心，都是皱皱巴巴的，老了，旧了，发黄了。

我转过头看看他，虽然虚弱，眼中却泛着和命运死磕到底的火光，一瞬间我眼神中的同情，和他的目光碰到了一起，生出了一种同是天涯沦落人的感动。

想起托尔斯泰在《安娜·卡列尼娜》中曾写道："爱火有多么炽烈，它燃尽时的灰烬世界就有多么寒冷。"

我只想说，活得有多丰盛，对死亡的恐惧就有多深重。

车开到了十字路口，一辆载着巨石的超长货车转不过弯来，横梗在我们面前。再无坚不摧的豪车，面对这样巨大的压迫感也无所适从。

那是一种生命中的不可承受之重。

山居

豪华落尽见真淳

傍晚，走出院子迎一点凉风。只见青山、葱树、碧水，满目的苍翠中，一枝粉荷遗世独立、卓尔不群，在渐暗的天光中透出清亮，是浊世中生出的一念慈悲。

不为五斗米折腰

终南山下的新居落成了。

没有多余的装饰，只是粉成白墙，修补了漏洞，把荒陋的院落整理一番，去芜存菁。前庭铺了芳草，种了黄杨，当然不能没有修竹，花匠师傅建议我明年春天再种竹子，这样成活率高。

我坚持当下就栽，是沿袭古代文人种竹的态度：未知明年在何处，不可一日无此君。

后院一半是菜园，一半是花园，都是不经意地随意安放。小院是没有风格的风格，花花草草都是没有姿态的姿态，月季该往上爬就往上爬，紫藤该往下垂就往下垂，都是些极尽平常又生命力顽强的植物，天然生成，无须雕琢。

院门上的漆有些剥落，我刻意没有翻新，避开"朱门"的造作，残留的斑驳反而别具一格。

多年的漂泊让我深知：住所不过是漫漫旅途中短暂休憩的地方，并不是最终的靠岸。

对于变幻无常的人生，何人不是寄蜉蝣于天地？哪里才是真正的归宿？

一切从简，我的个人物品只有茶桌、书架、最基础的餐具和睡具。我无意追求素朴，只是喜欢多一些留白，契合中国艺术的"密不透风，疏可跑马"，空白越大，自由度越高，心灵越能任意游走。

午后的阳光穿过飘逸的白纱帘，洒在地板上，空空的厅堂格外清净光明。

白墙上挂了复制版八大山人的四条屏，透出孤绝、自足、清寂，还有一幅三尺书法，写着"不为五斗米折腰"。

陶渊明不愿卑躬屈膝，不媚世俗权贵，不折的哪里是腰！不折的，是心魂。

他很早就厌倦了官场的虚伪，归隐山林，晴耕雨读，过着不为名利左右，独自飞扬飘卷的日子，用四季内在的旋律和节奏，谱写着一曲真性流露、迥脱尘寰的田园牧歌。

我理解的"不为五斗米折腰"，是一个人拨开物质世界对心灵的遮蔽，与自然相融的人生态度。这是中国文化的内核之一，儒家讲"善养吾浩然正气""塞于天地之间"，道家讲"天地与我并生，而万物与我为一"，佛法中的"天上地下，唯我独尊"都意义在此。

如今的世界，物质越来越丰盛，与天地相通的障碍物就越来越多；生活越细腻，精神就越凝滞；人际越复杂，无形的枷锁就一个接一个。什么贫穷限制了我的想象，瞎说。是过剩的物质挤断了内心的翅膀。

我们只剩下对精致生活的过度依赖，无论拥有多少，不安全感都时时萦绕。车辆多、人流多、数据多、饭局多、脂肪多……外在什么都多，内在匮乏得像荒漠，那颗澄明的心亦丢失了。信息量爆棚，把完整的时间掰开又揉碎了，我们整个人被五马分尸，整颗心被弄得四分五裂。

前几天一个朋友焦虑，来找我倾诉，她如果账上没有一千万现金就不得安宁，每天睡前都要把几套豪宅的产权证过目一遍才踏实，不然难以入睡。

在锦衣玉食的温柔乡里痛苦地生存，幸福感可能真不如一个乞丐。

记得大学时有一位男同学曾说过一句话："我人生的梦想就是家中红旗不倒，家外彩旗飘飘。"

当时听来只觉得好笑，现在想想看，他不累吗？渣男的"渣"本不存在褒贬，就是碎屑的意思。生而为人，活得完整一点不好吗？

人生至此，我愿意什么都少一点。吃得简单一点，穿得简单一点，朋友少一点，活得轻松一点。

现在连书都读得很少。我们从小被灌输"知识就是力量"，其实知识多了也是障碍。文字的天罗地网，把我们的意识层层遮蔽，像一座华丽的监狱，让人的头脑深陷其中，无法自拔。咀嚼别人说过的话如同吃残羹冷炙，只有自由独立的思想才是既新鲜又能滋养生命的珍馐。

填鸭式的教育，让孩子不堪身心负累的同时，泯灭了最为宝贵的天性，如同乌云蔽日。说到这里，让我想起了那首禅诗："我有明珠一颗，久被尘劳关锁。而今尘尽光生，照破山河万朵。"

"禅"从字面上来看分解为"示单"，也指单衣一件。禅宗不立文字，直指人心，一朵小花开出三千大千世界，一片叶子的脉络也能通达生命的纵深。

　　老子所说的"为道日损"，并不是消极，而是一种回归的哲学，让庞杂的世界回归原点，繁华绚烂归于平淡。

　　中国音乐的弦外之音，清微淡远；诗词中隽永的神韵，如羚羊挂角，无迹可寻；水墨画大片的留白，无色中见真色，那些枯木寒林、雾敛寒江、断山弦月……缥缈荒天的一点鹤影，徘徊山林的一缕晴岚，皆在指向内在生命的丰盈、浑全、具足与圆满。

　　这一切都和欲望的奔腾无关，更无须多余的修饰和附着，是风行水面，自然成文。

　　骤雨初歇，屋中湿闷，我一贯笃信古人的智慧，"夏汗不出，秋后算账"，便以热攻热，三伏天坚持不用冷气。空调房子待久了，人还是那个人，却像抽真空包装的食物，不那么新鲜。

　　傍晚，走出院子迎一点凉风。只见青山、葱树、碧水，满目的苍翠中，一枝粉荷遗世独立、卓尔不群，在渐暗的天光中透出清亮，是浊世中生出的一念慈悲。

只此一枝，一切都值了。

当你向自然敞开心扉，自然就会给你丰盛的回馈，远山眉黛、近水青玄、群鸦数点……西望月白色的天边，雪青色、玫瑰色、橙红色的霞光凌乱，那酒醉的颜色，一道道、一抹抹、一片片，晕染到万丈之外，好一个瑰丽的夏天傍晚。

一晃过后，随着天际的五彩归于一片深沉的褐色，第一颗启明星乍闪，漫天的繁星接连着，像舞台灯光般逐一闪现。

大地上，风吹过密林的沙沙声，山脚下流水潺潺，夏虫此消彼长的和声，共同演奏着一部自由式的交响。

一切的一切都潜入我的意识流里，眼睛里突然一阵温热，升起那种念天地悠悠的感动。

回到屋子打开灯，灯光是复古的昏黄，想起老子说的"见小曰明，守柔曰强"，在这静谧柔和的夜里，不让强光遮住心灵的光芒。

披着夜风，枕着月光，安梦在我心灵的巢穴。

山风掠过，那是自然的真性在飞旋，枝干越来越露出本来面目。"西风不是吹黄落，要放青山与客看。"

我踩在厚实的落叶上，走向造化亲手为我铺就的归途。

山中日月长

我貌似得了一种过敏症，叫"雅过敏"，对一切人工雕琢的、过分精致的东西都本能地抗拒。

现在能让我眼睛放光，精神抖擞的不是艺术品，而是大自然。尤其是进山，有回归母体的感受，安稳、舒适、踏实。

山路，我一辈子也走不够。

山里没有声光电，没有污染，没有信号，内心就没有杂念和干扰。养眼睛、洗肺、抖落风尘、闻草木的味道，山就是治愈我的灵丹妙药。

摸着树叶走过去，像触摸老爷爷的胡须，古老又神秘；淌过石子的水流，像老奶奶脸上的皱纹，写着慈爱和踏实。

我可以随心所欲，对树上的鸟，对水中的鱼，对山中的万物说："来，咱们聊一会儿。"我也会卸下包袱，抛开一切自以为是，和树下的野蘑菇、树干上的苔藓，以及路旁的野草平分山色。在这里没有谁比谁高级，我们同一个鼻孔出气，在山的怀抱里，我们是一个妈生的孩子。

在这里能看到生命的多种形态，什么样的生长方式都是被允许的。竖着长、横着长、顺着长、逆着长，攀附着、扭曲着、歪歪斜斜、挨着挤着，怎么长怎么对，怎么长都是美的。

允许残缺，允许不规则，允许自由自在，山里的生命主打一个舒展。

面对它们，遣词造句都是多余。我也不会去拍照，不想弱化身临其境的感受，不要任何文明的声音，只想听生命最原始的召唤。林中的泉水瀑布，是上古至今人类血液的流响，盘踞的老树根，承着世世代代灵魂的重量。

走在山路的每一步，都是走在回归的路上。

我们从降生的那一刻，就一步步迷失，迷的是路，失的是心。

有的人迟钝，从生到死就像混沌的球一样滚过，也有人不堪重负早早醒悟。尘世的大网，让人与人越来越密集地交织，心却越来越疏离；秒针越走越快，无端的消耗越来越多；道路越修越长，可越来越拥堵。

生在世上，要么被别人牵着鼻子走，要么自己夹着尾巴走。举步维艰，却总是劝慰自己："没办法，为了生存。"也总是习惯了硬撑，仿佛没了我，地球就不转了，自己肩膀一软，天就要塌下来了。

我们都是鱼缸里的鱼，笼中的鸟，看起来光鲜亮丽，可是游不动也飞不起来。"羁鸟恋旧林，池鱼思故渊。"

红尘中的艰难，因为迷失所致。山路的每一起伏每一弯，都有它笃定的信念。在清澈的溪流里，我照见了自己本来的样子；在空谷的回响里，我听到了内心真实的声音：生命的主旋律不是追寻，而是本来面目。

回归的路很长，需要一生才能走完；回归的路也可以很短，每一念向内的观照，都是本来面目。

随着山路延展，秋越走越深，树叶卷了边、泛了黄。喜欢这样的颜色，像旧书卷和老照片，有岁月的包浆感。

想到自己的脸上也开始泛黄起皱，那是再自然不过的变化，为什么不能接受？在时间之流中随遇而安，便是内心的回归。

山风掠过，那是自然的真性在飞旋，枝干越来越露出本来面目。"西风不是吹黄落，要放青山与客看。"

我踩在厚实的落叶上，走向造化亲手为我铺就的归途。

在由欲望和无知织成的天罗地网下，我愿努力做一只漏网之鱼。不去争相奔涌流量的风口浪尖，只在一泓清泉里撷珠拾贝，随细水长流不息。

清 流 拾 贝

最近频繁有人跟我推荐写作软件，只需要输入主题、风格、内容等关键词，就能秒出一篇文章。

人工智能已经覆盖到人类社会的角角落落，连文学也在劫难逃。中文常用的词只有三千个，通过制式排列组合一篇文章不在话下。可是好文章中的弦外之音、言外之意，以有限的文字传递出情感色彩，精神音符，灵魂香气，又谈何容易？

"昔我往矣，杨柳依依。今我来思，雨雪霏霏。"《诗经》里类似这样的名句，短短十六个字自带韵律，读来如清音绕梁三日，也如一帧画镌刻在人的心魂里，作者对时光流逝、世事变迁的无尽慨叹都凝结在此。

所谓言有尽而意无穷，是寥寥文字背后高不可攀的风姿，深不见底的意蕴，和飘若游云的灵气。

如果没有这些托底，再华丽的辞藻堆砌出的都只是枯朽的篇章。都知道闻香识女人，好文章也是会散发出香气的，那是有情人用妙笔生出来的香花。

这花有亭台楼阁烘托，有蝶飞蜂舞萦绕；与白昼同光华，与黑夜同休憩；风吹来，花影流转，雨打来，声声淅沥；有时暗香徐徐，有时浓香四溢……

为了一个字，贾岛"捻断数茎须"，杜甫"语不惊人死不休"，李后主的词则是承载了天下人的苦难，曹雪芹"字字看来皆是血，十年辛苦不寻常"……

历代文人呕心沥血，仿佛把千年的故事筑于心头，又铺陈在万古长空，历历数数，俯仰开合间皆是绝唱。

我是被唐诗、宋词、元曲的珍馐喂养成人的。心情淤堵时，一句好词能令我朗朗如遇光耀；精神匮乏时，丰沛出浩然正气；孤夜寒窗时，点燃了性灵的烛火；落落寡合时，给予我无限的慰藉。

海会枯，石会烂，文学筑建的精神大厦永不会塌陷。

写作于我，是与自己内心深度交流，也是与万物发自肺腑的对话。一字一句都是每一个当下的鲜活写照。当我敞开心扉，便觉知自然的来龙去脉：百鸟在天空齐唱，把白云感动得哭泣，于是落了雨；大地饮了雨，有了草木葱郁；草木解了风情，随风起舞；风吹着口哨，连水也笑出了声；水迂回流动，滋养了鱼和米，我和你。

我们的祖先从洞穴中走出来，开垦了广阔的天地，可是文明走到今天，人的心灵却又回到逼仄的洞穴。

在这个最好的也是最坏的时代，很多人自甘沦陷成物质的奴隶。互联网的流量像洪水，那些璀璨的文学遗产似珍珠被一波接一波冲刷，不知何去何从。

在由欲望和无知织成的天罗地网下，我愿努力做一只漏网之鱼。不去争相奔涌流量的风口浪尖，只在一泓清泉里撷珠拾贝，随细水长流不息。

以上一唱三叹，力求为文学正本清源。抒发至此，风乍起，落叶像黄蝶漫天飞舞，此心、此情、此景，在宇宙的洪流里是万分之一的概率，难以复制，何不试着作一首诗？

一风落叶铺满径，

万朵黄蝶舞虚空。

何须回首长嗟叹，

不如笔墨写丹青。

城市的流光溢彩，只限于调情，山的大美，值得深爱。
我爱终南，给我一座金山也不换。

终 南 山 语

"每个进山的人，都带着一个不可告人的秘密。"这句
话用在王家卫的电影里很高级，普通人说起来有点装腔
作势，写作的人用起来则流于文艺滥调。

我只想说，我爱进山。古人郁郁不得志时，归隐山林
是最好的退路；现代人被生活的重压层层加码，进山，只
为放风；城市的精致是盐腌过的，醋泡过的，再漂亮也不
新鲜，进山，只为还原。

每当我一颗心沉到太平洋底，无人能打捞时，就带着
一肚子的不合时宜来山里吞吐。

进山，只为喘气。

这个秋天屡次走进终南山，想撰书立文，总开不了
头。天地大美不言，置身于此，连起一个念头都是多余，

何况是文字。

文字最无力，讲讲人间的故事还可以，想领略山间的神韵，则一定要靠身临其境。

写作人的毛病，心里存不了感动，不写到纸上总不肯罢休。

还是写了，哪怕是一堆造作。

刚进山门，还带着尘世的心情，听着秋后的知了拖着残声，那是过了鼎盛时期，满腔不甘心的调子；山谷里的飞鸟一个枝头换了另一个枝头栖息，永远在寻寻觅觅；叫不上名的飞虫，没头没脑地扑来扑去；山间的流水匆匆，逝者如斯不舍昼夜……

走得深一些，抬头望向山谷，悠悠的曲线，绕着一方水蓝的天，一瞬间就与自己和解了，像一个失忆的人突然想起来了——我，是，谁。

缓缓地走着，在半干的山路上，留下一串清晰的脚印，连成一道幽深的独白，在空谷间回响，那是在召唤灵魂深处的自己。

继而，处处皆是不可思议。

山中景色是怎样地惊艳？怎样描绘都是苍白。像一个绝世美女,你一抬头,她便扑向你的眼底,直到下意识里,在你心上盖了印章,署了她的美名;她动情时,二月桃花相继开,熏熏染染,绯红上了脸;心醉时,缤纷掩映,赤橙黄绿青蓝紫,泼泼洒洒,你中有我,我中有你;离别时,眼中泣血,那美得近乎残忍的颜色,肆意挥霍着,无边无际。

如此这般,是人都想据为己有。然而细思量,双手握不住微风,罐子装不进白云,阳光普照聚拢不起,无可奈何花落去,自然的美,无法收集。

就这样漫无目的地行走,忘了身在何处,忘了何年何月。

阳光透过枝叶像碎银子一样洒在脸颊,林间的风夹着果香弥散在发丝上;草木上的露水,照出另一个缩小的世界,水畔长着彼岸花,盛开在此岸。

这是自然赐予的博大恩宠,瞬间的惊喜能让人高兴一整天,一生一世。

一切都有了意义。

道旁遇见的老大爷戴着草帽,黑瘦的脸,皱纹像刀刻的一般,张着没有牙齿的嘴,笑得像燃烧的炭火一样温暖。攀谈两句，大爷缓缓地说："进山有瘾呢，来得多了就找不见回去的路了……"

这意味深长的话语，又能让人品味一整天，一生一世。

直到脚下有了倦意，才意识到独自走了很长的一段。一抹半月东升，暧昧地挂在山头，像一个吻痕。太阳还在与西山作别，和我心头的光圈重叠在了一起。

回眸处，层层的山峦在日月同辉中全然展开，顷刻之间，亿万斯年。

倦鸟归巢了，只留下一声叹息，隐入繁华落尽的清寂。

我带着满心欢喜回城，尽管下一秒又要呼吸红尘中的飞短流长。

不去费思量。

…………

"进山有瘾呢……"我被这句话说中了，进山的频率越来越高，后来索性住到了山下。

城市的流光溢彩，只限于调情，山的大美，值得深爱。我爱终南，给我一座金山也不换。

我要和夜空上孤悬的明月谈心，周身反射着白月光，澄明透彻。月光替我拍了照、写了信，把我一切高明的、庸俗的、坚韧的、脆弱的……总之是真真实实的我，寄给所有爱我的和我爱的人。

假如生命只有一天

　　大雨后，院子的家花野卉一股脑开了，细细的野草从墙角边、砖缝里、瓦当上冒出头来。看着一派野放的景象，心里便映现出那句"无边风月满幽居，赢得庭前草不除"。

　　正在神游，一只壁虎突然掉到眼前，是从房顶失足坠落的。

　　从小在城里长大，这些小动物以往都会吓得我灵魂出窍，现在与它们朝夕相处，反而觉得这只小壁虎很可爱，四只脚一扭一扭地往墙上爬，拖着个小尾巴像在跳舞。低头看蚂蚁搬家，不得不惊叹蚂蚁爬行的速度。对于毫米大的身躯，每一秒行进都像是百米冲刺。看似卑微的蝼蚁，却常常有着人所不及的能力。

要是蚊子飞进蚊帐，我就索性献身，等它吃饱喝足歇下了，我也就安心睡去。一念慈悲生起，就在心上撑起了温柔的盾牌，能抵挡所有烦恼和痛苦的利剑。

这些小生命朝生暮死，何不放它们一条生路？

假如我的生命只有一天，该怎样去过？这个问题想过很多次，自从住到了山里，便有了答案。

从喧闹的市区回归到简单真实的田园，少了很多应酬，多了很多朋友；少了很多浮夸，多了很多感动；少了俗情纠缠，多了生命内在的层次和色彩。

在这里，星星和彩云会出现在同一片天空，月影和花影悄然走进同一个梦；无名的野花遍地露着稚嫩的表情，一根竹子生出参差十万丈夫气，脚下的一拳顽石刻画出千秋的肌理；竹雨松风绕过帘栊，浸润着满屋的书香与寂静，细雨中片刻的宁静能抵一世的繁荣。

仅仅是在庭前的一会儿静坐，树林里的一段徐行，都有无尽的乐趣和感动。

在这里没有车马喧哗、人流躁动，能听见自然中丰富的声响，风萧萧，雨飕飕，蝉鸣鸟语，鸡叫犬吠，蛙声鼓闹……无须编排就能奏出和谐的交响乐，那是生命的华彩乐章。

雨过天晴，画眉婉转悠扬地起个头。一波才动万波相随，不一会儿就形成了多声部大合唱。

百灵鸟清澈圆润的私语，不紧不慢，情深似海；鹧鸪凄凄切切，哀叹着行者的离殇；杜鹃念念兹兹，发着求爱的信号……

它们会默契地在同一个时刻静场。

云雀在片刻的寂静后，起了高音，销魂的咏叹调直冲云霄；布谷鸟又开始深沉地唱起宣叙调，苦口婆心地解释着一切……

也有片刻，林子里所有的鸟放声齐鸣，无所羁绊，像浩浩荡荡的进行曲，奏响人心底的澎湃激昂。

蝉鸣是电子乐，铺天盖地又无孔不入，乌鸦一阵阵乱拍，像重金属摇滚，排山倒海……

这样的乐曲没有设计，没有存心，都在有意无意间。想用什么调就用什么调，想怎么起就怎么起，想怎么收就怎么收，想什么节奏就什么节奏。"云无心以出岫"，像禅宗所说的饥来吃饭，困来则眠，这便是中国的"天籁"。

西方音乐之父巴赫的曲子闪耀着神性的光辉《G弦上的咏叹调》像涓涓细水长流，又像星辰一样平和闪烁，剥掉了一切媚俗的表情，只有与上帝对话的虔敬之心。

中国人的信仰是敬天、敬地、敬自然，那么最接近神灵的音乐，就应该是这百鸟齐唱的自然之作。作为听众的表达，我们不会闭目祈祷，流着泪下跪，只会和天地融为一体，与万物一同呼吸，绵绵密密地拥抱整个世界。

倒也不是永远如此美好。

那些不着调的无名鸟，插不上嘴也不依不饶，像机关枪一样嘟嘟嘟只管吐露，没有目标；它们七嘴八舌争相地叫，跑着调，也不管什么有理不在声高；更多的时候它们各说各的鸟语，根本不知道彼此在表达些什么、渴望着什么……

好一个众生百态。有些鸟天生就是独唱，总能超凡脱俗；有些是别人说它也说，别人唱它就唱，别人怎么活它就怎么过，跟着别人瞎快活，根本不知道自己想要什么。

这样异彩纷呈的体验需要做到三个字——心在焉。

老电影《云上的日子》里有句台词："他们走得太快，

把灵魂都丢了。"

假如我的生命只有一天，我不要走得那么快，绝不会像机器一样上紧了发条，只知道转呀转，转到迟钝麻木，转到锈迹斑斑；也不要丢失真我，做一个被伪文化和伪知识腐蚀的赝品，像墙头草随风倒，没有自己的主见；不要有任何的附着和依赖，更不要那些烦恼痛苦的纠缠。

假如我的生命只有一天，我要像白昼的鸟儿尽情歌唱，和夜晚的飞虫一样孜孜寻求光明，要像白云一样飘荡，和溪水一样流淌，更要像一朵花自由、全然绽放。

假如我的生命只有一天，我要该干什么就干什么，但要让觉知如影随形；我要敞开心扉，无条件地去爱一切，而不是掉进渴望被爱的圈套里，痴痴怨怨；我要对我生命的每一秒负责，珍惜和感念每一滴水、每一粒食物、每一次呼吸，给予短暂的生命最丰盛的回馈。

到了夜晚，我要和夜空上孤悬的明月谈心，周身反射着白月光，澄明透彻。月光替我拍了照、写了信，把我一切高明的、庸俗的、坚韧的、脆弱的……总之是真真实实的我，寄给所有爱我的和我爱的人。

临睡前，可以安心地告诉自己，只活一天，也赚了。

就算下一秒要死去，也要像王羲之那样"吾卒当乐死"。这一天与所有的遇见坦诚相待，当下已圆满，还需什么回头是岸？

　　静静地躺着，不会沉湎过去，不去畅想未来。感受着此刻的感受，清清楚楚，明明白白。

柒

问道

道是无晴却有晴

游学之前，我特意买来两本书做功课，《归零》和《观照》，的确字字直抵生命的根本。后来总结，读林老师的书不如听他的课重要，听他的课不如和他一起吃饭重要。

毕竟，生命的学问不是用来画饼充饥的。

十字路口的老者

青山，白云，孤峰顶上；

红尘，幻海，十字路口。

在"孤峰顶上"见不到他，原因很简单，我上不去；在"十字路口"彷徨时遇见，是偶然也是必然，又能跟随他走上一程，是不可思议的因缘。

他，林谷芳，号称"历史浪漫传奇的最后一代"。

听名字，"兰生幽谷，不因无人而不芳"。

看照片，一袭白衣，满头银发，仙风道骨。

从哪说起呢？

我天生是敏感体质，烦恼无尽，痛苦不断。从小就在心灵成长的路上寻寻觅觅，求过各种解脱之道，访遍了名山大川、庙宇道观。

上帝、佛祖，这些神明谁都没见过，只是美好的想象；大师、上师、心灵导师，满街都是，鱼龙混杂。心灵鸡汤喝起来觉得安慰，精神寄托能让人暂时逃遁，都是治标不治本。

直到在我人生的"十字路口"遇见了林谷芳老师，才知道什么叫彻底的透脱。那年春天，我有幸加入了林老师的游学班。去之前我演练了一大段拜师的台词，当我患得患失地面见老师时，刚说了不到一句话，老师当即打断："好了，我这个人最不喜欢啰唆，看你这样坦诚，就收你做学生吧。"

就此，随他走遍了大江南北，也曾数次远赴日本。

读天地大书，观人间有情。

游学之前，我特意买来两本书做功课，《归零》和《观照》，的确字字直抵生命的根本。后来总结，读林老师的书不如听他的课重要，听他的课不如和他一起吃饭重要。

毕竟，生命的学问不是用来画饼充饥的。

人生在世，吃穿二字。谈林老师，也要先从吃饭和穿衣说起。

"我喜欢吃所有带红豆的东西，因为吃红豆会让我有幸福感。"听到这句话，我震惊了，这彻底颠覆了我对大师的认知。我以为的中国文化导师都是正襟危坐，言必称尧舜，张口闭口"之乎者也"。

难道他说这句话，是有什么隐喻？我这样想实在是骑牛觅牛。老师其实就是单纯地喜欢吃红豆，这句话只是如实地呈现，一个活生生的人该有的样子。

是真佛说家常话，道在平常日用中。

这几年和老师一起吃饭，发现他满汉全席能消受得起，清粥小菜也乐在其中。他最喜欢吃的其实是路边摊，在台湾喜欢吃猪脚面与热炒，在大陆喜欢吃烤红薯和大排档。据说他在美国，有阵子也爱吃炸鸡和薯条。

他酷爱吃黄油，可以用一小块面包配一大块黄油；饮料情有独钟的是可口可乐，喝的时候要加很多冰；看电影时，要捧上一包爆米花。

我猜想他恐怕是有一个特殊的胃，因为吃得如此"不健康"，却活得是真洒脱，身体轻盈得像羽毛，走起路来像阵风。

我喜欢看他切黄油的瞬间，那是禅者的"电光影里斩春风"；更喜欢听他喝可乐的时候，咬碎冰块的那一响，真是震碎了山河。

我无意神话老师，只想表达他是在怎样淋漓尽致地活着。

老师吃什么喝什么都有滋有味，但这完全不同于世人所说的"该吃吃，该喝喝"。他一边吃一边对我们说："活在当下是因为知道世事无常，更珍惜每一个此时此刻，并不是所谓的纵情享乐。能不能时刻保持清醒的观照，能不能做到生命的自主，才是关键。"

云门饼，赵州茶，说的是吃喝。

而云门、赵州，说的真只是吃喝吗？

禅门还有另一则公案，洞山的"麻三斤"，说的是穿衣，当然真不只是穿衣。

恰巧，"禅"字拆解开来，"衣"和"单"，单衣一件。而"冬夏一衲"已经成了林老师在大众眼中的标志性符号。

从炎炎夏日到数九寒天，他都是那一袭白色布衣，偶尔加一条白围巾。我又开始猜测：难道他是传说中的小太阳，自己能发光发热?

其实他的真功夫在于：不被冷热所困，不受环境束缚。

一袭白衣，一身利落。红尘中行走，一道禅者的风光。

身似寒空挂明月，唯余清影落江湖。

记得白岩松在采访林老师时曾问道："作为一个禅者，您终年一袭白衣，是不是也是一种执着?"

老师心想：他还是蛮犀利的。

"我这一身布衣，是我一位老朋友的夫人专为我定做的，我穿的是一份情义。"老师如实回答。

没有老师接不上的招，因为他本无招式，直契生命根柢。

兵来将挡，水来土掩。

你要是问关于人生的遗憾，他会直截了当地回答："有遗憾是世情，不去补足遗憾是道心。"

你要问关于黑暗与光明，他会耐心解释："不是要追求完美，而是接受生命的残缺，面对黑暗就是光明本身。"

你如果要问"结婚好还是不结婚好"之类的话题，他不做正面回答，只是说："禅者从不回答没有主语的问题，因为世上没有一个人是同样的。"

要是问到关于轮回，他彻底不言。因为谈修行时，他从不讲没经历过的事情。

游学时，大家正要耽溺于极致的美景或是艺术的风雅，他会说："琴棋书画、诗酒茶花，如果没有对生命的观照，也就玩物丧志。"

课程结束了，大家不忍离别。老师的劝慰瞬间化掉了悲伤，说的："每一个当下，都有相聚和离别，珍重当下，也就超越了相聚和离别。"

他常提醒大家"不以万古长空不明一朝风月，也不以一朝风月昧却万古长空"。如果参透了，够用一辈子。

他对中国山河大地，情有独钟；对中国文化的理解，更是少人能及。尽管如此，老师还是客观讲："你就算认为中国文化博大精深，也不能径以王者自居……各有各的优势，每一方水土都有最适合自己的文化，尊重和包容是最起码的修养。"

老师的开示，没有一句废话，因为句句不离道本身。在台湾文化界，他是公认的通人，大到时事政治、国际局势，小到生活中的装修园艺，直示的是禅。弹的是琵琶，学的是人类学，创办的是艺术学研究所，主持的是书院，真要谈文化研究、美学涉入乃至具体的艺术品鉴，在他面前，能躲闪的余地真不多。

他有孩童般的天真，青壮年的身体，有时会玩笑地说："我有三十岁的身体，六十岁的阅历，猜猜！最后会是多少岁的智慧？"

听这话，你以为他就一径自负，那可就错了，他常挂在嘴边的一句话是："我何德何能？说穿了，也就是个糟老头，回家照样被师母骂。"

最颠覆的一件事就是，爆料一下，哈哈，他曾经的理想是开一家宠物店。

人生的"十字路口"，遇见这样一位明师，为我指点迷津，三生有幸。然而，后面的路还要自己走。转身，轻装，上路……

老师陪了我们一程，指明了方向：

"不求终极答案，只愿一直行在道的路上。"

生从何来，死往何去？从该来的地方来，到该去的地方去；先有鸡，还是先有蛋？蛋大生鸡，鸡大生蛋。

都别问了，先干了这杯……

一口吸尽西江水

茶

茶，一个古老的灵魂。

历经了劫难和一世世的轮回，在今生化为一片鲜活的叶子，等待遇水，遇器，遇人。

生命中的遇见都不是偶然，有着不可思议的因缘。

也许，你在红尘的喧嚣之余，在一个薄云小雨天，看着窗外的青青翠竹、郁郁黄花，念一句今日无事，信手拈来几片叶子，把自己安放在一方茶席间，便是与天地精神在往来。

提壶，出汤，行云流水。举杯，品味，清风皓月。

此时任何思虑都是枉然。

运水搬柴，无非大道。行茶的每一环节都是让生命得以安顿的锻炼。

你凝视着茶叶在水中伸展、浮沉，起舞翩翩，如同遇到知己一般随心所欲，畅所欲言。

茶，此时也以它独一无二的方式，进行一次生命的绽放和翻转，完成这一世使命的承担，也是浩瀚的历史长河中一粒沙尘的喟叹。

不求终极答案，只愿尽力而为；不求金身不坏，只愿随遇而安。

茶之滋味，有的芬芳甘甜，有的苦涩凝重；有的浓醇，有的淡雅；有的清淡爽利，有的韵味悠长。

茶之形态，有的舒展，有的纠缠；有的松弛，有的固执；有的老辣，有的娇嫩；有的孤芳自赏，有的乐于抱团。

没有一片叶子是完美的，也没有一片叶子不是美丽的，如同人间缤纷，众生百态。

假如喝茶真能喝出境界来，我想象中的应该是：一口洗去铅华，二口气定神闲，三口下去如同饮尽了西江水。

茶中，见一朝风月，更见万古长空。

与茶的一期一会，都是一场不可复制的即兴表演。

茶，在它该在的地方，等它该遇见的人出现。

酒

酒，又一个古老的灵魂。一滴远古的琼浆，在五千年的文明史里流淌。

帝王将相爱酒，对着浩瀚江河高唱："对酒当歌，人生几何？"文人墨客离不开酒："古来圣贤皆寂寞，惟有饮者留其名。"山野匹夫一场大酒，转身成了打虎的英雄。"劝君更尽一杯酒"慰藉了远行边塞的凄凉。将士久经沙场，要"醉里挑灯看剑"。寒夜窗前，一灯如豆，相伴的唯有这一杯，"酒入愁肠，化作相思泪"。

诗酒趁年华。

中国的文学史，是酒醉出来的。诗人的世界里，天地为酒窖，日月为酒糟，江河湖海都是酿出来的酒。

我酷爱饮酒，世事如梦，一醉陶然。

我可以在品酒会上摇着红酒杯，吃着西班牙火腿；也可以在酒桌饭局上，推杯换盏，你中有我，我中有你；更愿意邀三两知己，天高皇帝远，一壶白酒，一碟花生米，奉陪到底；也曾独自在漫漫长夜，一杯威士忌，晃晃悠悠，墙上的孤影与空中的孤月相伴，直到天色渐白，鸟鸣枝头。

酒逢知己千杯少，酒本身就是我的知己。

快乐的时候，喝上两口，快乐便放大到周遭；当悲伤逆流，也喝上两口，悲伤就流到了尽头。

酒在夜的黑幕上泼洒出色彩，让孤独的日子不再苍白，和一切蝇营狗苟划清界限，让平凡的人生也能飞扬飘卷。

这一杯一杯的甘露清洗着心底的伤口，让捆绑的精神重获自由，从狭隘的俗世甬道，冲向广阔的生命之流。

酒能打破时空的界限，让人不插翅膀也能飞，太虚境界，全靠神游。酒的世界里，鱼能在天上飞，鸟能在水里游，朽木还能再逢春，雪里也能开出红莲。一切都与天地同体、浑然。

昨日种种，譬如昨日死。明天未到，逢山开路，遇水架桥。什么都不重要，唯有当下手中一杯酒。

这五谷杂粮酿出的天地精华，能让人提起，想说的就说；也能让人放下，该忘的就忘。

酒能让人升华，也能让人堕落，能否玩味得好，因人而异。

别说酒了，世间万物都是药毒同源，善用了是药，滥用了就是毒。

什么是佛？什么是魔？佛来佛斩，魔来魔斩。

什么是圣？什么是凡？在圣不增，在凡不减。

庞蕴居士参问马祖道一："不与万法为侣者是什么人？"祖云："待汝一口吸尽西江水，即向汝道。"

我们生来就有十万个为什么。

生从何来，死往何去？从该来的地方来，到该去的地方去；先有鸡，还是先有蛋？蛋大生鸡，鸡大生蛋。

都别问了，先干了这杯……

普通关系是一面普通的镜子，亲密关系是一面放大镜，其中伴侣关系更是一面照妖镜。

菱花照心

立秋后的一场雨，让压抑许久的蝉格外活跃。

它们声嘶力竭地喊着，恐慌着生命的终结，抓住这并不方长的来日，一浪接着一浪，一曲还未终了，变个调接着唱。

蝉活着似乎就是为了叫，羊活着就是为了吃草，家猫和宠物狗活着就是为了让主人开心，那么人活着……

几个女孩子来小院吃晚饭，虽是非正式，但也打扮得很光艳。我备好了酒菜，熏过了艾草。院落四周的大树勾勒出自然的天井，没有一丝刻意，雨后的凉风很舒畅，三五好友能在这样的环境下小酌，应是人生一大幸事。

没过多久，其中两人之间产生了一点小小的口舌，随之过电一样传染给了所有人，翻起了轩然大波。一番互相苛责后，空气像死水一样僵滞下来。

舒伯特的《小夜曲》在夜风中回荡，风掀起桌布，像只大蝴蝶拍着翅膀，蝴蝶振翅能引起一场海啸，一个人的情绪也会散到四面八方。

几个人靠在自己的椅子上，悲伤着自己的悲伤，一个目光里全是碎片，一个及腰的长发，垂着三千烦恼，还有一个用手指卷着桌布，不知所为地卷了又卷。

相同的是，每个人周身都席卷着孤独，彼此被无形的绳索牵绊在一起，却谁也无法走进对方的内心，正如萨特在戏剧《禁闭》中的那句著名台词："他人即是地狱。"

这个戏说的是三个被囚禁起来等着下地狱的鬼魂。在等待的过程中，三个鬼魂彼此不断欺骗、互相折磨，不用上刀山下火海，他们已经身在地狱里面了……最恐怖的戏莫过于此，想起来就让人不寒而栗。

生而为人，每天陷在各种关系的蜘蛛网里，彼此黏滞，互相纠缠，发动着一场又一场没有硝烟的战争，旧伤未愈，新伤又起，永无宁日。

为了逃避对孤独的恐惧，我们不得不依赖关系，然而，我们在关系中变得越来越孤独。

古往今来的觉者们看到了本质，一切痛苦的根源在于我们无法看清自己。《老子》中有句经典："知人者智，自知者明。"苏格拉底的哲学核心，是刻在德尔菲神庙石柱上的箴言："认识你自己。"

现代心理学告知我们要想活得轻松一点，就要在关系中看到自己的情绪，把所有遇见的人当成镜子，照见最真实的自己。普通关系是一面普通的镜子，亲密关系是一面放大镜，其中伴侣关系更是一面照妖镜。

我们冠之为爱情的关系里充满了占有、嫉妒和各种可怕的念头，不把人性翻个底朝天不算完，多少人爱到最后，彼此成了心上插的一把刀，疼痛难忍却不能拔掉。

如果我们把视线从对方身上转回来，给自己心上装一个显微镜，随时随地内窥自己，不再责难和攻击别人，而是透视深埋在心底的不安和恐惧，看到了就只是看到而已，允许一切事情的发生，接纳所有的情绪，不排斥也不逃避，没有评判色彩也不加任何滤镜，只是清清楚楚地让它们真实呈现，就像水杯里沉淀的杂质，阳光下抖落的灰尘……

只有赤裸地面对一切，才能以清晰的心智和强大的心力收摄住心魔，才能从混乱和痛苦的旋涡中解脱出来。

中国文化早已给我们讲透了，孔子告诉我们"见贤思齐焉，见不贤而内自省也"；庄子讲的"至人用心若镜。不将不迎，应而不藏，故能胜物而不伤"，说的就是这一件事；佛法中的"了了分明，如如不动"，更是一语道破天机。

举一个这方面的例子，在关系里产生任何争执、口舌、冲突，都要回去观察自己的情绪，看着它发生、流动、演变，直到消亡……不压制、不干预，不评判对错，因为情绪没有对错，它只是个现象，存在即合理。

心理学里有一句重要的理论，是"看见即疗愈"。如果情绪是火，我们就任它燃烧，烧完自然就熄灭了，如果我们想扑灭它，就是在扇扇子，越扇越旺；如果我们排斥它，就是又加了一层情绪，便是火上浇油，越来越无法收场。我们唯一能做的，就是随它自生自灭。有一首禅诗，生动地道出了面对烦恼的态度：

"秋风落叶乱成堆，扫去还来千百回。一笑罢休闲处坐，任他着地自成灰。"

烦恼像秋天的落叶一样无处不在，无时不来。在如此庞杂的人世间生存，要没点真功夫，根本就不可能从烦恼的妖魔中突围。你的、我的、他的，闪闪发光的人性和饿得咕咕叫的人性，此起彼伏，有时光耀夺目，有时黑咕隆咚；有时平坦舒展，有时皱皱巴巴缩成一团……如同昼夜更迭、阴晴圆缺。

当我们在人事的摩擦、磕碰中不断地向内觉照，认知就会越来越敏锐，越来越清晰，越来越活出真实和稳定的自己。

这绝不是纸上谈兵，而是生命的锻炼，像健身一样坚持不懈，日积月累，自会有意想不到的蜕变。

那时我们就不会再依赖关系带来的安全感。

我们享受孤独，唱自己爱唱的歌，跳自己爱跳的舞。没有舞台，苍穹就是大幕，没有灯光，耿耿星河就能照亮；没有观众，自己给自己的鼓掌声如雷鸣。

孤独的孩子最能得到世界的恩宠，因为孤独的尽头是自由，自由得像大鹏展翅、如行云流水、似庖丁解牛。

自由的王国里没有局限，只有一任心灵驰骋的疆土；没有恐惧，只有直面一切的勇气；没有妒忌，只有爱的从心所欲；没有暴力，只有一双温柔手臂。

再来面对这个世界，我们会敞开心扉。

每一张笑脸都是高枕，每一次拥抱都是温床，每一滴泪水都是洗礼。当我们把心门打开，每一寸阳光照进来都会给内心除湿，每一缕微风吹进来都会安抚自己，每一杯水都能滋润到周身，每一次呼吸都能诠释生命的全部意义。

聚会不欢而散，一切的发生也都是必然。人人都是一面镜子，遇见都是为了照见真实的自己。

谁有古菱花，照此真宰心？

虽然我内心那个不安全的小女孩依然在，但我会温柔地拥抱她，告诉她什么都别怕，我一直在；我也时常拉着她到旷野里肆意奔跑，让她勇敢地迎风接雨，不再逃避，不再自己骗自己。

无所畏惧

无论男人还是女人，情欲过盛都会被视为放纵。

有些情况是生理缺陷导致，男人如果阳气太上亢，不得不需要大量的男欢女爱来平衡自己的身体。风流才子纪晓岚就是个例子，他一生离不开女人，是因为一天不和女人发生关系就会头痛。

然而对于女性，如果她风情万种，大多出于心理的需求。灵魂虚弱的女人，容易陷入不被爱的恐惧里不能自拔。她们担心伴侣不忠，整日捕风捉影，疑神疑鬼，把双方都搞得心力交瘁；有个别女人为了自保，则先下手为强，然而出轨多次也难以解除内心深层的恐惧。在用这种扭曲的动机找来的关系中，不会得到任何滋养，只是在一寸一寸地损耗自身的能量。

男人也免不了如此，怕自己在一棵树上吊死，于是散其怀抱，遍地开花，然而花丛中往往葛藤缠绕，荆棘丛生，没有一个风流成性的人不被搞得千疮百孔。

于是内心的空洞越来越大，难以补足，只能在九曲回肠的情欲迷宫里兜兜转转，这一切都源于内心的不安全感。

在金钱方面，每个人都渴望财务自由，然而标准是什么？是拥有私人飞机才算是财务自由吗？我身边很多人已经拥有很多资产了，可依然没有安全感。未来生活的不确定，把一颗心摇晃得惴惴不安，于是每天还是把自己抽打得像陀螺一样拼命地转，一旦停下来，内心的恐惧就把他们击垮了。

担心自己的孩子不成才，又是一个普遍的话题。

我们把自己无法满足的欲望，没有完成的梦想，试图植入孩子体内，把孩子幼小的身躯扔进血淋淋的竞技场，并美其名曰为"望子成龙""望女成凤"。

在这样无情的竞争中，凭什么自己的孩子不能输，别人的孩子淘汰就理所当然?!

一些年纪轻轻的家长就放弃自我成长，专职陪伴孩子。可是让孩子生活在充满焦虑的陪伴以及喋喋不休的唠叨中，在"都是为了你"的道德绑架中，孩子能有怎样健康的身心？

话说得有些刻薄，但都是实话，还是回归到我自身说吧。

生在时代的旋涡里，我当然不会比别人好到哪里去。因为小时候受到过严重的惊吓，我的某些恐惧更加细致入微，甚至不可思议。

我会担心至亲的人突然失联，担心挚爱的人背叛，担心一觉醒来一无所有，担心电梯突然失控，过马路的时候手心会冒汗。身体一点小恙就惴惴不安，担心一进医院就是绝症，担心别人异样的目光，担心长胖，担心一事无成，更担心毫无意义地活着……

我内心住着一个充满不安全感的小女孩。不安全感像时不时的一阵阴风，让人不寒而栗；更像是身上背着的一个定时炸弹，随时可能引爆，不但炸伤自己，还会伤及无辜；不安全感让内心有个填不满的大窟窿，只能不断地向外追寻索取；也让人像八爪鱼一样，伸出爪子吃自己。

我们什么时候才能与无尽的焦虑、恐惧、不安说再见？此处分享点自己的经验。

怎样消解不安的情绪？就是时时刻刻觉知着自己的一切念头，高尚的、卑劣的、干净的、龌龊的，见得人和见不得人的全部呈现出来。当然不是那么舒服，甚至要经历一股又一股的阵痛。

我们平时面对情绪困扰，选择了太多的逃避方式。我们喝酒、购物、看球赛、刷视频、找人倾诉、扭曲事实……我们已经习惯给脸上擦着厚厚的粉，自欺又欺人。现在把心意识全然暴露在强光下，不光素颜，还得裸奔，敢不敢？

我已经实实在在地尝到了甜头，觉知能力的提高让我越来越安定，情绪不容易失控，只会和它化敌为友。

虽然我内心那个不安全的小女孩依然在，但我会温柔地拥抱她，告诉她什么都别怕，我一直在；我也时常拉着她到旷野里肆意奔跑，让她勇敢地迎风接雨，不再逃避，不再自己骗自己。

我想对内心的恐惧大声说："无所谓，真实的意义是无所畏惧！"

　　但愿人心安定，但愿天下太平。

红炉、红壶、红橘子，在烟雾的幻影中，生成琥珀的颜色。时间，就这样凝固在一大块琥珀里。

凡尘过往，只此一幕。

冬日的清欢

多事之秋后，归来已是初冬。满庭清冷，残枝染上了霜华。红玫瑰还欲燃烧，却刚开个口就萎缩了。墙外的银杏正是时候，今天黄到了极致，明天就该下场了。

都在为冬天喊"预备，开始"，接着是一段荒寒的时光。我已经不害怕孤寂，一无所有的时候，也就无所谓失去。

一觉醒来，树成了光杆司令，也自威风凛然，落叶厚厚地铺了一地，不知昨夜发生了什么，想必是北风来打劫了。庭前落着大片的梧桐叶，干枯了却姿态依旧挺阔，坦然面对生命的终结，无憾。

北风凛冽，像一把慧剑，斩却三千情丝。草木褪去了春红秋黄，不再媚俗，把繁文缛节、葛藤缠绕抖落得干干净净，露出生命的本来面目。

在无色中见真彩，无相中见实相，不动中有生命的悸动，极凋零处有活跃的能量和深邃的美感。

枯木倚寒林，一真乍现。

正午，找一块空地晒太阳，人生难遇这样广阔的寂静。四下无人，一只花狸猫和我四目相交后，摇摇尾巴径直走了；一只蓝紫相间的鸟儿在我面前蹦跳几下，也扑棱棱飞了。我背着阳光，和我的影子进行着没有语言的交流。

院子里四下安静，与周遭的世界互不干扰。

午后，生一盆炭火，用红泥小壶煮一盏茶，烤几个橘子。茶壶发出噗噗的声响，橘子皮透出药香。红炉、红壶、红橘子，在烟雾的幻影中，生成琥珀的颜色。时间，就这样凝固在一大块琥珀里。

凡尘过往，只此一幕。

夜幕深沉，寒天冻地，一人藏匿在斗室。有零星灯火，有暖手炉，有古典乐，有威士忌。寒中暖，苦中乐，无人问津也无所顾忌。

四时流转至此，目光所及处，都是对造化的感念，再别无所求，唯独期盼一场大雪。好雪片片，不落别处，那更是一片琉璃世界。

　　冬日，宜深居，为一场生命的清欢。

有苦难才有救赎，有地狱才有天堂，有暗夜才有光芒。

不独子其子

——《原上的星》创作记

小雨

雨水又泛滥了。

东周儿童村的门前积水成河。用砖铺出的一条路，还是被淹没了。

孩子们在这一汪积水中，看到自己脏了的脸，那是命运抹下的灰黑。他们眨着一双并没有被污染的眼睛，一个问号又一个问号：我到底哪做错了？

有一个声音在说："孩子，你没错。错怪你的人也没错。"

这是陕西三原东周儿童村，这里收养着无家可归的孩子，他们不是孤儿，受过比孤儿还要不公的待遇。他们无家可归、饥寒交迫、备受歧视……因为父母双方都在监狱。

他们都是天上下的雨，无辜的雨，都是水中的涟漪，曲折的涟漪。

水下全是淤泥。

有个声音在说："孩子不怕，莲花都是出生在淤泥之中。"

这个声音宽厚慈爱，像关中大地的黄土，这个声音坚挺辽阔，像原上的一棵不老的槐树。他就是收养孩子们的爷爷。

孩子们刚放学，用书包顶在脑袋上，裤腿全被打湿了。忽然听见一阵啼哭，循声而去，原来是被送来的一个弃婴，正湿淋淋地躺在儿童村门口的石礅子上。

孩子们打开包袱一看，是个刚出生的女娃，大家争相将她抱在怀里。

爷爷来了，这么小的婴儿，怎么养活大呀？虽然愁眉不展，还是收下了。

"娃不哭，天上下着小雨，娃以后就叫小雨吧。"

这个故事是采风时听到的。

数次采风，积累了很多动人素材，但剧本的创作谈何容易？风格的把握，结构的建立，主题的明确，人物关系的设置……是一个庞大的工程。

还好有吴京安老师不遗余力的支持，以他多年的舞台经验和对这部戏极大的热情，给这部戏夯实了地基。他不厌其烦地为我解读每一个人物的性格特质，描绘他对整部戏未来呈现的构想，以及每一个舞台画面的蓝图……

"这天上下的要不是雨，要是下的奶多好啊……"

这是吴老师灵光一现冒出来的台词，小雨这个人物就此生成了。戏的主要线索也由此而来。

风雨雷电交加的夜里，一个女人浑身是血，抱着襁褓中的婴儿，奔走在原上。她误杀了家暴的丈夫，正被警察追捕。

眼看要坐牢了，怀里嗷嗷待哺的孩子怎么办？叫天天不应，叫地地不灵。

只有一个人可以让她放心，那是儿童村的老原。

放下孩子，就此天各一方。天上的雨，眼中的泪，身上流的血，心头滴的血，汇成了一条苦难的河，混乱得看不清颜色。

有孩子就收，哪怕砸锅卖铁。老原说了，就是把自己的一把老骨头熬成油，也要把孩子们养育成人。

我喜欢在咖啡馆里写作，置身于陌生人当中，有一种精神独立的况味，更容易心灵聚焦。你来了，他走了，让我的思绪随之流动，更容易产生灵感。

《原上的星》的剧本，是在城墙外的一间咖啡馆里诞生的。

整整一个冬天，每天从中午到打烊，有时呆呆地坐着，深锁着眉头，什么感觉也没有，有时键盘敲得停不下来，像大河滔滔流淌。

写到动情处，一会儿哭，一会儿笑，无所谓他人的眼光，当众孤独着。这一切，都只为把内心最真实的感动献给观众。

整个剧本创作下来，每一个字都是眼中的一滴泪。

最后一场戏，我情绪彻底失控了，写到泣不成声。于是跑到洗手间对着镜子哭，面目模糊，只看到泪水是喷出来的……

十八年后，小雨妈妈刑满释放，来到当年放下孩子的那个地方，还是那个苍凉的原，原上的爷爷操劳了一辈子，垂垂老矣。妈妈看着自己日夜思念的心头肉小雨，泪流不止。

老原：咳咳……唉，爷老咧，爷老咧，唉，小雨，记得爷爷就是在这个地方把你抱回家的，那个时候你就这么大，那天也是这么大的风，也是这么大的雨。

小雨：所以爷爷就给我起了个全天下最好听的名字，小雨。爷爷，我要是这雨点就好了，可以自由自在，飘飘洒洒……

小雨：爷爷，你看，雨停了，彩虹出来了，七色彩虹！

老原：彩虹出来了，彩虹出来了，太阳就要照进那个房间了！

老原：小雨。

小雨：爷爷！

小雨妈妈：小雨，妈妈回来了，真的回来了。

小雨：一到下雨天我就会做梦，梦见你回来了。可是雨停了，我的梦就醒了，你就走了。我现在是不是在做梦？

小雨妈妈：不是做梦，妈妈真的回来了，永远不离开你了。小雨，妈妈新织的毛衣，这次准合适，快试试。哎呀，正好。

小雨：妈妈，好想在你怀里做一回月月娃。

小雨：妈妈……

星星

《原上的星》，亮晶晶。这一闪一闪亮晶晶，都源于那些慈悲的泪光。一出好戏的生成，除了有好的题材，最重要的就是众缘和合。

一个是演艺界的铮铮老戏骨，一个是其企业上过慈善榜的商界名士，吴京安和王延安。

男儿有泪不轻弹。两人在一次夜谈中，聊到东周儿童村时，感动得满眼是泪。于是一拍即合，决定开始做这部戏。

我们相约一同去采风。

吴京安老师用宽厚的肩膀，一个一个抱起孩子们，托起的是孩子们的过去、现在和未来，孩子们的整个世界。

戏中的原爷爷是这样，戏外的吴爷爷亦如此。

人不独亲其亲，不独子其子。

王延安董事长看到一个孩子满头是疤，动情地说："不知这娃小的时候挨过多少次打！"

身上的疤痕肉眼可见，心上留下的疤痕怎能数得过来？

有个孩子曾经流落街头，每天睡在垃圾桶里，冬天耳朵冻僵了，居然被老鼠咬掉了一块。

而那些不公的待遇和歧视的目光，要比监狱的高墙还可怕，阻碍着孩子们天真无邪的心灵之光。

童年的小雨和爷爷在原上奔跑，孩子吐露了心声。

老原：为啥天是蓝的？

小雨：因为我的眼睛要像蓝天一样干净。

老原：星星为什么在原上？

小雨：因为原上有最美的家。

小雨：爷爷，我是从哪里来的？

老原：小雨是天上的一颗星星，爷爷一伸手就把你摘回家了。

小雨：那我妈妈呢？

老原：你妈妈不小心掉到一个黑房间里了，等太阳照进这间房子的时候，你妈妈就回来了。

小雨：那什么时候太阳光才能照进去呀？

老原：等小雨长大长高了，太阳就能照进去了。

吴老师在导戏的时候，用神来之笔，在结尾处让爷爷和长大的小雨重复了一遍这个段落，观众在前后呼应中，得到了极大的精神满足。

说到星星，那是我灵光乍现的一次写作经验，也是整部戏里最浓墨重彩的一笔。

一部戏的生成，不扒掉作者几层皮，见不到真东西。哪有从天而降的奇迹，只有挖地三尺的艰辛。

"十月怀胎，一朝分娩。"这些艰难苦痛都不在话下，最怕的就是"流产"。当剧本进行到三分之一处时，灵感枯竭，撞破脑袋也撞不出火花来。

已经一个星期没动笔了，硬拖着自己每天去咖啡馆打卡，呆呆地坐一天，看着手里的烟一根接一根地燃烧成灰烬。

午饭吃完喝下午茶，下午茶完了吃晚饭，一顿也没落下，感觉自己真的在白吃。

要绝望了，正打算起身走人，抬头看了一眼天，是一片干净的、深蓝色的夜空，周遭高楼林立，灯光点点闪耀，恰似星光灿烂。

绝处逢生。

我那时已经和剧中人融为一体，无缝隙地将眼前的场景和剧情连在了一起。

老原为了养活孩子们，已经倾家荡产，因为交不起电费，彻底停电了。爷爷让孩子们蒙上眼睛，手拉着手上了露台。

老原：诶，谁都不能睁，都把眼窝闭下，都不能睁。听爷的话啊，咱们都躺下。你们看到没有，每个人的心里都有一盏灯，能照亮你们的心灵，诶？你们都听到自己的心跳了没有？感受到自己的呼吸了没有？

毛猴儿：爷，额啥都看不着，啥都听不见嘛。

众娃：啥都看不着，啥都听不见。

老原：咦，你们这帮瓜娃，听爷说，一、二、三，睁开眼窝。

众娃：哇！

小雨：咋这么亮。

蝴蝶：漂亮得很。

小雨：星星在眨眼睛。

毛猴儿：星星在跳舞。

小雨：星星像颗宝石。

毛猴儿：我感觉一伸手，就能够得着。

小雨：我想摘下那颗星星。

毛猴儿：我想把星星放到口袋里。

众娃：我也要摘，我也要摘，我也要摘。

小雨：天上有无数颗星星，那颗最小的就是我……

老原：这是毛猴儿，这是大头、富贵儿、小雨、蝴蝶。你们都是散落在天边的星星，你们都可以发光，把你们揽到一起就是一片光明。

众娃：我是那颗、我是那颗……我们是原上的星！

老原：最黑暗的地方可以最亮，最亮的地方就有天堂。因为暗夜，所以星星。因为旷野，所以长风。总有一片吹不灭的光明。

众娃：星星点灯……

"以乐景写哀，以哀景写乐，倍其哀乐。"这是创作的一条秘诀。

吴京安老师在导戏的过程中再三强调，故事本身很悲情，但舞台上表现的一定是快乐。我们在台上笑，观众一定会在台下哭。

有苦难才有救赎，有地狱才有天堂，有暗夜才有光芒。

爷爷教孩子们吃饭："站有站相，坐有坐相，吃有吃相。端起关中的大老碗，心底无私天地宽。"

爷爷教孩子们识字："中国的汉字方方正正，如同一个挺立不倒的人。读书识字，学的是仁义礼智信、温良恭俭让。"在鼓声雷动中，孩子们的灵魂站立起来了，顶天、立地。

孩子们打架闹事，爷爷苦心规劝："落草为兄弟，何必骨肉亲。"

孩子们懒散放肆，爷爷告诫："没有规矩不成方圆，没有爱就汇不成生命的江河湖海。"

《原上的星》从剧本采风到与观众见面，历时一年零三个月，它是在所有创作者的泪水洗礼中诞生的；是缘于西凤酒 6 年、15 年的创始人王延安董事长扛着大旗、不求回报，为剧组提供一切物质和精神支持；是吴京安老师倾其所有，用一颗真挚的心忘我地投入创作，建立了戏里戏外一样的生活。剧组全体人员一个个眼对眼、心贴心、魂对魂，创造了一个爱的国度……

"真诚，天然，质朴，纯真，呈现给观众一段凄美又欢快，悲凉又热烈的童年生活。我们构置的戏剧行为，不是排练，也不是演戏，而是在生活，是在寻找和遇见最真实的自己。"吴老师如是说。

"那棵背景的树，枝丫凌乱向天，最后正果繁茂；船形的舞台，承载着泾渭生命的飘摇，当孩子们出走时的一声撕心巨响，断裂成河，也为两岸相依为命的人，洗礼告别；红灯笼映血的联想，引发蝴蝶的浴火重生；而羊羔跪乳的族群图腾，定格为台下久久的掌声……"这是邓康延先生看戏后，最中肯的表达。

现场座无虚席，无不泪满襟，口罩全都哭湿了，戏后观众真情流露：

"一次次泪目，一次次看到曾经的自己。"

"在戏里看到暗夜里迷茫时璀璨的爱。"

"《原上的星》充满着对生命的爱与尊重。"

…………

我们在同一片夜空里，闪耀着爱和平等。

原上的星，亮晶晶。

后　记

　　书写至此，夜已深沉。书稿收尾了，说不上来是快乐还是痛苦。

　　快乐的时候总有些痛苦来搅拌，时时刻刻提醒你，这不是天上，是人间。痛苦的时候也还好，哭不出眼泪，哭成了一首歌。

　　开窗望月，心灯自明。

　　长安一片月，在我心头已走过四十年的阴晴圆缺。这本书的创作是我生命中独一无二的珍贵体验。

　　作为一个剧作者，写作时束缚颇多，题材限制、舞台形式、人为因素……作品之外的纠葛早已盖过了创作的快感，而散文创作让我五官全然打开，赤裸地表达自己，像脱了缰的野马纵情驰骋，也能够深挖到潜意识的海底，进行一场内在创伤的自我疗愈。书里写的方块字，一横一竖、一撇一捺都在给我的灵魂塑形。有时很难找到灵感，大海里捞针，但心一打开，就装下了整个海洋。

一阵秋风起，秋凉如期而至，秋后的蚂蚱知道自己蹦不了几天了，难和秋水长天共鸣，只是低低沉吟，黯然神伤；蚊子大口吸着血，对我的驱赶已经麻木不仁，宁愿撑死，不愿饿死，反正时日不多了，该吃吃，该喝喝……无知的生命，灵魂比身体更为虚弱。什么都不愿放手，到头来却两手空空。

窗前夹缝里求生的草，却生生不息，挤也能挤出自己的一片天地，在上天恩赐的每一天中活得无怨无悔。

转眼间东方又破晓，隔窗远眺，薄雾、村庄、矮树……太阳和昨天升起的地方一样。今天的太阳和昨天的太阳一样吗？

生命是一个圆，每一个终点都是另一个起点。

2023 年 9 月 28 日